Proyecto Barcelona
Ideas para impedir la decadencia

Miquel Molina

Proyecto Barcelona

Ideas para impedir la decadencia

librosdevanguardia

Proyecto Barcelona. Ideas para impedir la decadencia

La Vanguardia Ediciones, S.L.
Diagonal, 477, 7.ª planta
08036 Barcelona

Primera edición, noviembre 2021

ISBN-13: 978-84-18604-05-8
Depósito legal: B 17477-2021
Cubierta: Anna Belil
Foto cubierta: Xavier Cervera
Ilustraciones interior: Nil Molina
Maquetación: Marc Bello
Edición: Toni Merigó

Índice

La ciudad es el lugar donde se entremezcla gente de todo tipo y condición, incluso contra su voluntad y con intereses opuestos, compartiendo una vida en común, por efímera y cambiante que sea, que viene siendo desde hace mucho tiempo objeto de comentario por urbanistas de toda clase y tema sugestivo de innumerables representaciones y escritos que intentan captar su carácter (o el carácter particular de la vida en una ciudad concreta en determinado lugar y momento).

David Harvey

Soy de Madrid, Cádiz, Barcelona, Oporto, Lyon,
Bruselas, Berna, Frankfurt, Stuttgart, Turín,
Florencia. Pertenezco a Moscú, Cracovia, Varsovia
o hacia el norte a Christiania o Estocolmo, o a la
Irkutsk siberiana, o a alguna calle de Islandia.
Walt Whitman

Reencontrarse. 1

Los hombres angustiados. Juan Muñoz

Esta tarde, en mi primera salida tras el confinamiento, he bajado a la playa en bicicleta. Compruebo que los barceloneses, sedientos de mar, hemos interpretado a nuestra manera la norma que prohíbe alejarse más de un kilómetro de casa. Hay quien se ha disfrazado de atleta para salir sin levantar sospechas. Si haces deporte, se puede, dice el manual de desescalada. Yo he pedaleado hasta el mar. Aquí, desde lo alto del paseo, el panorama aturde. En circunstancias normales, los chiringuitos habrían estado llenos de jóvenes escuchando esos ritmos hipnóticos que son ideales para presenciar una puesta del sol. Los restaurantes desbordados, los manteros extendiendo su mercancía, corrillos junto a la orilla, el trasiego de taxis frente al hotel W, el desfile de aviones en su descenso hacia El Prat.

No es que hoy no haya gente. Al contrario, veo mucha más de la que sería aconsejable en esta fase temprana. Veo a las parejas hacerse selfis frente al corazón que el guardián del hotel W ha dibujado en la fachada abriendo y cerrando cortinas. Veo cómo a través de los móviles se intercambian esas fotos con otras fotos de otros corazones en otras ciudades donde el tiempo está tan detenido como en la mía. Veo los castillos de arena que nadie construirá y las olas sin surferos y las persianas bajadas de los restaurantes.

Y entonces, sin haberlos buscado, me fijo en ellos. Son los hombres eternamente confinados, los personajes de una historia de reclusión que empieza décadas antes de la pandemia. Los inadaptados de la Barceloneta. Como de costumbre, poca gente repara en su desgracia: están ocultos bajo esos cuatro magníficos ejemplares de bellasombra, un árbol también llamado ombú que tiene como base unas raíces gruesas que afloran a la superficie.

Son los cinco hombres angustiados de la escultura de Juan Muñoz titulada *Una habitación donde siempre llueve,* situada en la plaza del Mar. Una obra que fue instalada en 1992, cuando el Ayuntamiento emprendió, de la mano del arte, una transformación radical del espacio público. Cinco individuos sobre otras tantas peonzas que nos transmiten su pasmo.

De normal, la escultura ya sobrecoge. Son cinco condenados a cadena perpetua incrustados en medio de una postal playera. El contraste es llamativo. Pero hoy, cuando tenemos que pasar gran parte del día encerrados en casa, lo que impresiona es precisamente la ausencia de contraste. La instalación es más que nunca un espejo: sus barrotes son los nuestros y su playa prohibida es nuestra playa prohibida. El corazón del hotel palpita dentro y fuera de la habitación sin techo.

Me acerco al letrero de la obra. De no ser por él, no hubiera sabido que los hombrecillos reposan sobre un lecho de mármol, tal es la suciedad del piso. Sin embargo, no puede decirse que la escultura esté abandonada. El conjunto de la estructura se conserva bien. Debe de resultar difícil mantener el suelo brillante debajo de una vegetación tan frondosa.

Pero pienso que, aun teniendo un mantenimiento correcto, el trabajo de Juan Muñoz, igual que el de otros artistas, es víctima de cierta incomprensión. Nunca se acumula la gente para verlo. Es una joya ciertamente oculta en el corazón promiscuo de Barcelona. Un ángulo muerto. Un recordatorio de algo que no queremos recordar. Solo me viene a la memoria una circunstancia concreta en que la obra sí conecta con su entorno. Sucede en pleno verano, cuando los inmigrantes que trabajan vendiendo pareos se sientan a la sombra de los ombúes o bellasombras para protegerse del sol, haciendo compañía a los reos de piedra. Seguro que la imagen hubiera sido muy del agrado del autor. También los vendedores del *top manta* son, de alguna manera, prisioneros, seres atrapados en un círculo de penurias del que pocos podrán evadirse.

Tendré la suerte de poder comentar estas impresiones, días después, con Lucía Muñoz, hija del artista fallecido en el 2001. Hablamos por teléfono. Le complace la imagen de los vendedores ambulantes arrimándose a la obra. Le agrada menos saber de la suciedad del suelo porque, explica, el contraste entre las piezas y el piso debía realzar la idea de teatralidad. Una teatralidad, dice, *pirandelliana*: los hombres de Muñoz son cinco personajes en busca de un autor que es el espectador, que con su mirada escribe la obra y completa la historia. Relee por teléfono Lucía Muñoz un texto de su padre a propósito de Pirandello:

> Una lluvia que cae sobre un sombrero que no consuela, pero engaña. "Yo amo los momentos en que nada ocurre, cuando por ejemplo un hombre dice: ¿Me da fuego? Ese tipo de solución me interesa enormemente, o ¿qué quiere usted comer?". Buñuel hablaba sin esperanza de absolución. Yo quisiera hacer una habi-

tación así. Sin esperanza, llena de una lluvia irrefutable. Cayendo sobre una conversación indiferente.

Cuenta Lucía Muñoz que Juan quería ayudar a que la plaza dejara de ser un arrabal y se convirtiera en un espacio amable:

–Es una pieza que impacta enormemente en la gente cuando se la encuentra. Te puedes ver reflejado en el encierro o con la imposibilidad de conectar con algo a lo que no se puede llegar. Su obra siempre vive entre el diálogo y la extrañeza, la risa y el dolor. Provoca que la gente se haga preguntas sobre la condición humana. Pero es cierto que el arte tiene también un gran poder transformador del espacio, por eso me gusta esa imagen que me explicas de los inmigrantes que venden pareos y se acercan a la sombra de la escultura de Juan.

Su mención al arte como un agente de cambio y progreso me sugiere una pregunta. En tanto que barcelonés. ¿En qué momento dejamos de apreciarlo? ¿En qué momento permitimos que languidecieran las esculturas de Muñoz, Oldenburg, Serra, Chillida, Mariscal, Tàpies, Plensa, Horn, Kounellis o Liechtenstein? ¿Por qué ya no se encargan hoy esculturas a los grandes artistas para que ese museo al aire libre que es Barcelona incorpore el siglo XXI a su colección?

Las obras de esos genios del pasado están aquí, razonablemente bien cuidadas. Esperando a que las nuevas generaciones las reconozcan como lo que son: expresiones de talento que apelan a la sensibilidad. Una invitación a levantar la mirada y a sorprenderse. No sería ni costoso ni complicado prestigiarlas, elevarlas otra vez a la categoría de arte.

Bastaría con que los estudiantes de teatro representaran a Pirandello junto a los hombres pasmados de Juan Muñoz. Espacio hay de sobras. O programar conciertos de jazz al lado de las balanzas de Jannis Kounellis en la placita que hay frente al Centre Cívic de la Barceloneta, donde nadie explica que aquello es una obra de un pionero del arte povera. O trasladar actividades culturales junto a los imponentes *Mistos* de Oldenburg, otra joya oculta de la ciudad. Conferencias en el mural de Keith Haring, conciertos de verano en la obra playera de Rebecca Horn, una exposición retrospectiva sobre la gran cosecha de esculturas de 1992...

Barcelona precisa de estímulos y puede encontrarlos en el arte. Pero también más allá.

La escultura no es el único activo que está desaprovechado en una ciudad que necesita proyectos e ilusiones. Ni siquiera se trata solo de la cultura. Hay muchos recursos en todos los ámbitos que movilizar antes de caer en la tentación de la queja y el agravio. Hay una creatividad efervescente que se manifiesta a través de la tecnología, la ciencia, la gastronomía, el deporte, las *start-ups*, las industrias avanzadas, la economía verde, la economía azul, la economía alimentaria, la economía circular, las políticas urbanas o la crítica social. Hay una cultura de grandes eventos pendiente de que se active el botón de reinicio. Hay energía política que canalizar hacia causas globales. Hay un tejido comercial maltrecho, pero con capacidad de reacción. Una infraestructura turística donde abundan los ejemplos de trabajo bien hecho, pero que tal vez tenga que adaptarse a un nuevo contexto más volátil. Hay proyectos incipientes esperando impulso, aniversarios que pueden ser el pretexto para alinear iniciativas de éxito. Y tendría que haber, sobre todo, voluntad de reactivar la ciudad.

Reactivarla no es lo mismo que reinventarla. Barcelona suma dos milenios de historia y no tiene que reinventarse. Málaga se ha reinventado como destino de turismo urbano a partir de la cultura. Con mucho mérito ha conseguido crear una red de atractivos culturales que la han situado entre las ciudades más dinámicas del país. Es un modelo por su determinación de proyectarse a través del arte, el teatro o el cine. Pero hasta ahí llegan las comparaciones. Hay ciudades que tienen que reinventarse y otras, en cambio, deben tratar de reencontrarse con su mejor versión.

Barcelona se adentra en un contexto económico siniestro. El sector turístico, que antes de la pandemia aportaba un 13% del PIB (se estima que su peso puede superar ampliamente un 20% si se contabilizan efectos indirectos) aún no se ha recuperado del golpe. La Cambra de Comerç de Barcelona calcula que en el 2020 la ciudad dejó de ingresar alrededor de 25.000 millones de euros por el frenazo a la llegada de visitantes. Los turistas han vuelto, pero esta industria está aún lejos de poder inyectar el volumen de recursos que requiere una ciudad tan volcada en el sector servicios como esta. Las ciudades con una dependencia extrema del turismo sufren más que el resto en contextos de gran incertidumbre. Lo sabíamos, pero nos daba igual.

A todo ello hay que sumar la destrucción de empleo en muchos sectores. La merma de tejido empresarial comienza a pasar factura. Barcelona corre el grave riesgo de estancarse como una ciudad de sueldos bajos. En el 2020, Madrid, País Vasco y Navarra superaban a Catalunya en salario medio bruto, según datos del INE. Si se convierte en tendencia, esta desventaja puede acabar siendo un lastre para la captación y retención de las personas más capacitadas.

También se extiende la sensación de que el traslado de sedes sociales empieza a pasar factura. Como se temía, la desbandada de miles de compañías a ciudades como Valencia, y sobre todo Madrid, hace que algunos altos ejecutivos pasen ya más tiempo fuera de Barcelona que en ella. El desplazamiento de las personas que toman las decisiones sobre patrocinios o inversiones es un proceso lento pero difícil de contener, sobre todo cuando Madrid se ha liberado de sus complejos y antepone su crecimiento a cualquier atisbo de equilibrio territorial. La capital se ha ido y Barcelona, en manos cada vez más de delegados y subdelegados, se ha descapitalizado, sin que se escuche una voz unánime que reclame el retorno de las sedes. Lo han empezado a plantear las patronales, aunque son conscientes del escollo que suponen el asunto de la seguridad jurídica y la brecha fiscal. El argumento de que el traslado de sedes es simbólico y no tiene consecuencias en la práctica ya no se sostiene.

Mientras tanto, el concepto de sociedad civil cae en desuso. Las nuevas generaciones de la burguesía desisten de seguir el ejemplo de sus mayores y apenas reinvierten en la ciudad. Hay excepciones, claro, pero se acentúan tendencias como la inversión en bienes inmuebles y el traslado del patrimonio a entornos fiscales más amables. Está por ver en qué momento las fortunas de nuevo cuño del ámbito de la tecnología asumirán ese papel dinamizador que en su día jugó la vieja economía, si es que algún día llegan a hacerlo. Conectar el capital de esa nueva economía con los proyectos de Barcelona es un reto mayúsculo de la ciudad. Para lograrlo habrá que reventar no pocas burbujas.

Las heridas de la crisis serán profundas y sangrarán durante mucho tiempo. Se empieza a intuir que distritos como Ciutat Vella están dando un salto atrás de varias décadas. El trabajo de muchos años para corregir desigualdades se ha venido abajo por el frenazo económico. Se disparan los desahucios, y hay más gente que nunca durmiendo en la calle. La situación será igualmente delicada en muchos barrios metropolitanos y en municipios de toda Catalunya. No es un problema exclusivo de Barcelona. Todas las aglomeraciones urbanas sufren una sacudida que agrandará la brecha social. Madrid no es una excepción. De hecho, es la comunidad con más desigualdad de España.

De la mano de este empobrecimiento ha llegado también un preocupante incremento de la inseguridad, otro de los grandes desafíos de los próximos años. Asumir entre todos que la seguridad no entiende de ideologías ayudaría a impulsar las soluciones correctas. La falta de seguridad suele perjudicar a quien menos tiene. Un ejemplo es la proliferación de narcopisos, una epidemia que se ceba en la población de Ciutat Vella y que las administraciones no han sabido atajar a tiempo. La incapacidad de impulsar una reforma legal que combata la multirreincidencia está también en el debe de las administraciones.

Tampoco ayuda la proliferación de actos violentos en la calle. Que esta sea un fenómeno compartido con otras ciudades no resta trascendencia al problema: Barcelona ha realizado un esfuerzo superior al resto para proyectarse al mundo, y esto la hace más vulnerable en cuestiones de imagen. Para Barcelona tienen un coste extra las fotos del espacio público vandalizado. La economía barcelonesa se ha especializado en los últimos tiempos en la capacidad de atraer talento y visitantes. Y esa economía necesita del escaparate. Igual que las tiendas. De un escaparate *de postal* en el que primen la cultura (en un sentido amplio que incluya la gastronomía, el diseño o la educación), todas las formas de innovación y, sobre todo, el equilibrio social. No ayuda en este sentido el desprestigio de las fuerzas de seguridad favorecido por las propias administraciones para aplacar a los sectores más antisistema.

Recoser ese tejido roto por la pandemia va a requerir de cuantiosas inversiones, y nadie mejor que los ayuntamientos conoce cuáles son las prioridades. Pero no solo los ayuntamientos, sino los ayuntamientos y sus circunstancias, es decir, todo ese tejido de agentes sociales, culturales y económicos que interactúan con ellos y que constituyen lo que los urbanistas anglosajones definen como *comunidad*. Aquí cabrían desde las universidades, las patronales, los sindicatos, las asociaciones vecinales hasta los colectivos culturales. Un rico sustrato subnacional, en suma, que ha ampliado su influencia en la escena global.

Pero, por la razón que sea, no se ha contado con las ciudades a la hora de diseñar el aterrizaje de esa lluvia masiva de fondos europeos. Las urbes catalanas, además, han sufrido el desgobierno de una Generalitat que estuvo en el limbo durante meses decisivos de la tramitación de los proyectos para la transición verde y digital. Tendrá que pasar aún mucho tiempo antes de que pueda hacerse balance de los fondos Next Generation, pero el arranque no ha sido alentador. También está por ver qué reparto hace el Gobierno central de ese dinero.

En este contexto de escasez y crispación social es previsible que buena parte de la energía política se canalice hacia la queja y la descalificación. Por ello, si hay una ocasión propicia para que la sociedad organizada asuma su protagonismo y acompañe a las administraciones en la búsqueda de soluciones, es esta. De hecho, se empieza a trabajar con esa dinámica propositiva, de abajo hacia arriba. La prueba es la proliferación de *think tanks* y de plataformas que promueven diferentes formas de innovación. Aun a riesgo de incurrir en la dispersión y la redundancia, todos estos proyectos aportan un capital muy valioso en la apuesta por la reactivación.

No deberíamos deprimirnos cuando una sobremesa donde se discute sobre Barcelona acaba sumida en un ambiente sombrío. Porque a la misma hora, en otras casas o restaurantes de la ciudad, se están repitiendo decenas de conversaciones similares. Y es imposible que de tanta reflexión no salgan al menos una o dos ideas de futuro aprovechables. Ideas que, bien articuladas y generosamente compartidas, pueden servir para que la ciudad esquive la decadencia a la que, según muchos, está abocada.

Decadencia, en cualquier caso, es un término muy categórico. ¿Es Barcelona, en sentido estricto, una ciudad decadente?

Si nos atenemos al diccionario, el hecho de haber *ido a menos* en algunas cuestiones importantes hace que la ciudad sea merecedora de ver su nombre asociado a este concepto. Sobre todo, se ha producido una merma considerable de la autoestima, entendida esta como una actitud emocional que en los momentos más vibrantes de la historia de Barcelona ha actuado como motor de transformación. Esa pérdida de la confianza, sumada a la autocrítica feroz de los barceloneses, ha generado un estado de ánimo negativo que ni las administraciones ni los líderes de opinión aciertan a revertir. Es más: otras ciudades competidoras aprovechan esa tendencia a la autoflagelación pública de Barcelona para hurgar en la herida. Pocas ciudades del mundo hay tan habituadas como esta a retransmitir en directo el lavado de su ropa sucia.

Es cierto también, sin embargo, que el término *decadencia* invoca la idea de un período continuado de declive. Decaen las sagas familiares, decaen los movimientos artísticos y decaen las ciudades y países que durante años se van alejando de aquello que habían llegado a ser. ¿Ha entrado Barcelona en ese proceso? ¿O no sería más preciso decir que corre el peligro de caer en la decadencia? Tal vez nos falte una perspectiva más amplia para determinarlo. Perspectiva temporal, pero también espacial, porque está por ver cómo se recuperan el resto de las ciudades globales del golpe que ha supuesto la pandemia. No solo en Barcelona hay desánimo y crispación. No solo en Barcelona se agudizan las desigualdades.

Pero es innegable que hay una sensación extendida de desidia y de que faltan proyectos colectivos ilusionantes. Es necesario, sobre todo, que cristalicen ideas que están ahí y que en su conjunto tienen potencial para revertir el estado de ánimo general y volver a inyectar autoestima al motor de la ambición barcelonesa. Hay que prestar atención a esas generaciones de jóvenes curtidos por dos crisis económicas descomunales. Tienen mucha energía y talentos retenidos que al liberarse pueden impulsar insospechadas vías de recuperación. Ellos y ellas pueden ser artífices de ese renacimiento cultural que invoca José Enrique Ruiz-Domènec para la salida de la pandemia.

Objetivo, 2023

Regreso a la habitación sin esperanza de Juan Muñoz una mañana de primavera del 2021, un año después. Me he propuesto iniciar aquí un paseo imaginario por la Barcelona del 2023.

¿Por qué la del 2023 y no la del 2022, la del 2024 o la de ese 2030 que fija unos objetivos medioambientales tan inspiradores para una ciudad como Barcelona?

De la misma manera que los Juegos de 1992 sirvieron como resorte de transformaciones en muchos casos positivas, 2023 ofrece suficientes alicientes para que la ciudad se tome la fecha como un pretexto. Es una ocasión para consolidar proyectos. En el 2023 se celebran los cincuenta años de la muerte de Pablo Picasso. De hecho, el Ministerio de Cultura ha decretado el año Picasso. Se celebran también los cuarenta años desde la muerte de Joan Miró y el centenario del nacimiento de Antoni Tàpies y de Victòria dels

Àngels. Ya hay una gran exposición en preparación para recordar a los dos primeros, grandes del arte universal. La misma muestra viajará a París en el 2024. Se celebran también los cien años de la histórica visita de Albert Einstein a Barcelona. O el medio siglo de la llegada de Johan Cruyff al Camp Nou, un hecho que cambió para siempre la historia del principal club de la ciudad.

En otro orden de cosas, se prevé que en el 2023 se inaugure la ampliación del Macba y que aquel año (hay elecciones municipales) se estrenen algunas de las nuevas calles verdes del Eixample, es decir, la prolongación de las supermanzanas como vanguardia de esa revolución urbanística que atrae la atención del mundo, generando no poca polémica en la propia Barcelona.

Es de esperar también que, de no mediar nueva debacle, los grandes eventos que han tenido que cancelarse o redimensionarse en el 2020 o el 2021, como son el Mobile World Congress, la feria audiovisual ISE o los festivales Sónar y Primavera Sound, vuelvan a coger en el 2023 velocidad de crucero después de un 2022 de transición. Lo mismo puede decirse de la programación de las instituciones culturales, que podría verse reforzada gracias a las ayudas europeas y al renovado programa de cocapitalidad.

En el 2023 deberían estar también en fase de realización

proyectos como el polo de conocimiento de la Ciutadella, la ampliación de Tech Barcelona, la nueva D-Factory del Consorci de la Zona Franca, el nuevo centro de investigación de la Fundació la Caixa, el gran proyecto del solar de la antigua Mercedes en Bon Pastor o la consolidación de la montaña de museos, teatro y deporte de Montjuïc. Pero también se puede esperar mucho de la conexión del distrito tecnológico del 22@ con el centro de la ciudad a través de la plaza de las Glòries, que habrá dejado de ser un muro psicológico infranqueable. Lástima que la reforma de la Rambla no pueda sumarse a la fiesta, ya que ha sido relegada en la agenda urbanística.

Por supuesto, como recordaron Esteve Almirall, Antoni Garrell, Xavier Marcet y Xavier Ferràs en un artículo en *La Vanguardia*, el mundo no espera ni a Catalunya ni a Barcelona. La competencia entre ciudades y regiones para recuperar el tiempo perdido es feroz. Nadie en el resto de España o en el extranjero verá esa suma de aniversarios como un motivo especial de celebración si no es la propia Barcelona, con su potencial de marca, la que se convence a sí misma de que se puede aprovechar el 2023 para resituarse como ciudad emergente. En el contexto de esa nueva Bauhaus europea que promueve la Comisión de Ursula von der Leyen. Y en un marco de problemáticas globales sobre las que la ciudad, por su tradición política, tiene mucho que decir. Por ejemplo, en el ámbito del humanismo tecnológico, la corriente que aboga por paliar los excesos de la revolución tecnológica. O en la cuestión de los desplazamientos masivos de población motivados por conflictos políticos, como el de Afganistán. O en el drama de los refugiados climáticos, ligado a la aceleración del calentamiento global y llamado a marcar la agenda europea de los próximos años. En Barcelona hay un amplio consenso social y político sobre las políticas necesarias para abordar estas cuestiones.

Si una ciudad no acierta a publicitar sus proyectos ilusionantes, es más difícil atraer talento o inversiones. Es decir, no se puede aspirar a tener empleo de calidad y mejora social si no se dispone de una economía atractiva y abierta. Es necesario forzar la máquina de la actividad económica para que la ciudad pueda revertir el elevado coste social de la pandemia y corregir los desequilibrios de todo tipo que esta catástrofe ha provocado. Afrontando para ello dos cuestiones eternamente relegadas: mejorando la fiscalidad para la captación de talento y liquidando la burocracia.

Es probable que todo ello tenga que hacerse sin el apoyo decidido de una Generalitat que puede seguir flirteando con el discurso de que no hay vida sin Estado propio (algo que desmiente la propia historia de Barcelona y la de otras ciudades dinámicas de Catalunya) y de un Gobierno central condicionado por el poder intimidatorio del renacido nacionalismo español, que tiene su cuartel general en el Gobierno de la Comunidad de Madrid.

En cualquier caso, los partidos con opción de gobierno que concurrirán a las municipales del 2023 (ERC, BComú, PSC y Junts) tienen responsabilidades en las tres administraciones principales. Todos están en condiciones de poner de su parte para este relanzamiento. Para conseguir avances, tendrá que descartarse o minimizarse la práctica de esa tendencia al *no de entrada* que vicia los proyectos antes de que puedan debatirse con calma. Se ha constatado en las polémicas sobre el Hermitage o sobre la ampliación del aeropuerto.

Pero la oportunidad está ahí: el 2023 como arranque de una nueva etapa. En el calendario de los próximos años, Barcelona cuenta ya con algunas bazas de peso, como ser sede de la edición del 2024 de la feria nómada de arte Manifesta o como haber sido designada por la Unesco capital mundial de la arquitectura en el 2026. En resumen, se trataría de actuar como si a Barcelona le hubieran concedido unos juegos en el 2023 y se dispusiera a organizarlos con un enfoque social, igualitario, digital, innovador, ecológico y, por supuesto, metropolitano.

El litoral prodigioso. 2

'Barcelona Head'. Roy Lichtenstein

Varada en un cruce de caminos, fotogénica pero sin ascendente sobre una ciudad que la abruma con su tráfico convulso, *Barcelona Head*, de Roy Lichtenstein, es una obra formidable. De hecho, se trata de una de las dos esculturas de mayores dimensiones del artista neoyorquino, junto con *Mermaid Sailboat Hull* del Storm King Art Center de Mountainville, Nueva York. *Barcelona Head* llegó a la ciudad en 1992. Su autor material fue el artista Diego Delgado Rajado, quien trabajó a partir de los diseños de Lichtenstein. La figura femenina que representa tiene el encanto posmoderno de la ciudad rejuvenecida. Atractiva, atrevida, desafiante, esta cabeza barcelonesa reúne los valores con los que la ciudad ha querido a menudo identificarse.

Su posición central en el litoral la hacen candidata a simbolizar esa Barcelona de la innovación que recorre la costa y prosigue a través de otros polos de conocimiento del interior y el entorno metropolitano, configurando una gran corona. De Castelldefels a Sant Adrià de Besòs, trazamos un itinerario de cultura y nuevas tecnologías que necesita de políticas urbanísticas audaces que le den continuidad. Algunas de estas medidas están avanzadas, como la *contrarreforma* de Glòries. Otras, como la Ciutadella del Coneixement, requerirán de mucha ambición política.

El Montjuïc de las oportunidades perdidas

Este paseo por la ciudad innovadora del 2023 debe arrancar con escala metropolitana. El lugar es el Institut de Ciències Fotòniques (ICFO) de Castelldefels, una de las joyas del ecosistema científico barcelonés. A lo largo de este libro irán apareciendo referencias a su papel en la Barcelona más emergente, también en el ámbito cultural. De las prioridades presupuestarias de los próximos años dependerá que centros como este puedan seguir captando y reteniendo a investigadores con talento, para mantener su excelencia. También de las políticas fiscales que favorezcan este desembarco. Si no se actúa en este sentido, Barcelona y Catalunya corren el riesgo de estancarse y de acabar acomodándose al rol de incubadoras de profesionales ingeniosos, pero prestos, una vez formados, a irse a otro lugar en busca de sueldos más competitivos.

De sur a norte, siguiendo el litoral, la siguiente parada sería el Parc Biomèdic de l'Hospitalet y, a continuación, la Zona Franca. Aquí, el Consorci de la Zona Franca (CZF) tutela su incubadora de impresión en 3-D, junto con la Fundación Leitat. Motocicletas, saxofones o material sanitario (como los respiradores fabricados en plena pandemia) son algunos de los productos salidos de sus impresoras. En el 2023 tiene que funcionar ya el que será el segundo escalafón de este proceso: la D-Factory, que aspira a fomentar el desarrollo de la industria 4.0 atrayendo desde multinacionales hasta *start-ups*. Además del edificio de 17.000 metros cuadrados que constituye la primera fase de este proyecto, está previsto que en el futuro pueda inaugurarse otro aún mayor, ampliando el total hasta los 100.000 metros cuadrados dedicados a la innovación.

Que empresas como Agbar y departamentos de la propia Generalitat o la Agencia Tributaria hayan trasladado sus sedes al campus administrativo de la Zona Franca refuerza el papel de este polo casi metropolitano de la nueva economía. Pocos escenarios hay más simbólicos que esta trastienda fabril de Barcelona para ilustrar la convivencia entre la industria tradicional y la economía basada en las nuevas tecnologías.

Mercabarna es otro ejemplo de equipamiento tradicional metido de lleno en la espiral de la innovación. En enero del 2021 presentó un proyecto público-privado para impulsar su digitalización y su adecuación medioambiental valorado en 277 millones de euros. Participan en él administraciones públicas, centros de investigación, empresas y oenegés. Aspira a beneficiarse de los fondos europeos.

Montjuïc es la siguiente etapa de esta ruta. Se trata de una montaña de oportunidades o de frustraciones, según si hablamos de su potencial o de los desaguisados de las últimas décadas. Allí, ocupando una posición central, se encuentran dos antiguos pabellones feriales, los de Victòria Eugènia y Alfons XIII, con un futuro en parte orientado hacia la cultura. El primero tiene que acoger la siempre aplazada ampliación del MNAC. Es un proyecto determinante para el futuro de un museo que ha agotado el espacio disponible en el Palau Nacional. Un auténtico salto de escala. El segundo pabellón, el Victòria Eugènia, debería acoger el *hub* de arte, ciencia y tecnología que impulsa la Universitat Oberta de Catalunya (UOC) al frente de una decena de instituciones.

Este espacio es una de las piezas clave en ese litoral que el Ayuntamiento ha bautizado como la Barcelona Innovation

Coast, porque debería servir de bisagra entre dos vectores fundamentales: la cultura y la ciencia, en sus acepciones más amplias. El *hub*, de nombre HacTe, aspira a multiplicar las conexiones que se producen en la intersección entre el arte, la ciencia, la tecnología y el diseño. Si funciona, servirá para que el mundo cultural barcelonés se beneficie de la proximidad de una comunidad científica y tecnológica de primer nivel: una auténtica ventaja competitiva sobre otras ciudades que gozan de mejores museos o de grandes ferias de arte, pero no de la cercanía de tanto talento *de ciencias*. En el sentido opuesto, a los científicos, esta aproximación humanística les brinda nuevas herramientas comunicativas. Y estímulos.

Este binomio es una apuesta estratégica de ciudad. En los últimos años, una lluvia fina de iniciativas ha acabado dando forma a una comunidad de artistas y científicos cuya curiosidad desborda las fronteras clásicas del conocimiento. Sirve el ejemplo del veterano científico Jordi Camí, que ha recurrido a un arte escénica como la magia para bucear en los misterios de la neurociencia en el libro *El cerebro ilusionista*. Desde el Ayuntamiento se ha dado un impulso cualitativo a esta convergencia entre arte y ciencia a través del programa de residencias artísticas Collide, en colaboración con la plataforma Arts at Cern, del Laboratorio Europeo de Física de Partículas, y de su directora, Mónica Bello. La UPC desarrolla también su programa UPC Arts. La UPF ha puesto asimismo el foco en el *art & science*. El CCCB es un militante activo de esta nueva tendencia, y la Fundación Quo Artis que preside Tatiana Kourochkina, que organizó la Primera Bienal de la Antártida desde su sede del recinto modernista de Sant Pau, proyecta ahora una mirada no antropocentrista sobre el mundo vegetal con su programa Roots & Seeds.

No faltan los artistas de talento. En Barcelona ha emergido una generación de creadores difíciles de etiquetar, porque su trabajo se desarrolla a caballo entre el arte, la tecnología y el activismo social. Personas y colectivos como Andy Gracie, Be Another Lab, Anaisa Franco, el veterano de las artes escénicas Marcel·lí Antúnez o Mónica Rikic, que sume a sus robots en la melancolía. También los diseñadores activistas de Domestic Data Streamers, que, como ellos mismos advierten, convierten las hojas de Excel en poesía desde su estudio en el barrio de Sants. En la página de The Creative Net puede seguirse el rastro entrelazado de este talento.

Pero sigamos nuestra ruta. La sombra que acecha a HacTe y a la ampliación del MNAC es la maldición de Montjuïc, una montaña donde los plazos de concreción de los proyectos suelen eternizarse. Un parque de cultura y de deporte donde todo está a medio resolver: la iluminación es melancólica; no se publicita como una montaña de los museos, como sí hace Berlín con su *isla*; la actividad de la Fira limita en determinadas fechas el acceso a los equipamientos culturales; se echa en falta una lanzadera específica de los museos, y la seguridad deja mucho que desear. Los mismos empleados del MNAC o de la Fundació Miró confiesan que sienten miedo cuando al salir del trabajo descienden por la montaña en los meses con menos luz natural.

Si los dos pabellones de la Font Màgica estuvieran a pleno rendimiento todo el año, se crearía una nueva centralidad que beneficiaría a todo el conjunto. En la práctica, supondría que el MNAC bajara literalmente de la montaña. Con esta sede intermedia, el Palau Nacional se acercaría de alguna manera a la ciudad, en la misma medida en que lo harían la Fundació Miró, el Museu Etnològic, el Institut y el Jardí Botànic y el Museu Olímpic i de l'Esport, los equipamientos de más difícil acceso. CaixaForum (activo también en promover el maridaje arte-ciencia), Museu Arqueològic, la Fundació Mies van der Rohe, el Teatre Lliure, el Mercat de les Flors, el Grec, el Institut del Teatre, el Col·legi del Teatre, la galería Carles Taché, el Poble Espanyol o la escuela Jam Session se beneficiarían asimismo de esta reconexión del sistema de instituciones culturales de la montaña. Un ecosistema al que se sumaría la incubadora de empresas de tecnología del deporte que el Ayuntamiento quiere tener en funcionamiento en el Estadi Olímpic en el 2023. Y, algún día, quizás también la Casa de la Premsa, que dio nombre a una de las curvas más audaces del antiguo circuito urbano.

Conocedores de esta maldición que pesa sobre Montjuïc, los impulsores del *hub* HacTe no han esperado a disponer de sede física para desplegar sus actividades. Estas empezaron ya en la primavera del 2021 con vocación nómada. La celebración en el 2022 del International Symposium on Electronic Art (ISEA), un festival itinerante que congrega a alrededor de dos mil artistas y que acogerá el CCCB, debería servir para acabar de posicionar a Barcelona en el mapa del arte electrónico.

Alguien que conoce bien el maleficio de Montjuïc, el director del MNAC, Pepe Serra, ha fijado como horizonte de la gran reforma de la montaña el año 2029 (centenario de la Exposición Internacional), para dar tiempo a las instituciones a hacer su trabajo. Hace ya años que formuló su desafío. Nadie podrá alegar que no avisó con tiempo.

En el ámbito ferial se mueve también el festival de música avanzada Sónar, que aspira a inaugurar una nueva etapa, el Sónar 3.0, después de tener que reducir a la mínima expresión las ediciones del 2020 y el 2021. No es el Sónar un festival al que las instituciones hayan cuidado en exceso. Antes de la pandemia, en el 2019, ya tuvo que reinventarse porque su evento nocturno, que reúne a miles de personas en los pabellones feriales de l'Hospitalet, fue desplazado de sus fechas habituales por una feria de maquinaria textil. A la ciudad le cuesta percibir que los macrofestivales son un motor económico (atraen turismo cultural, crean empleo, generan negocio y dejan poso en el sistema musical) y un activo de la promoción de la ciudad.

Los responsables del Sónar se empezaron a aventurar por el espacio fronterizo entre la música y la tecnología para acabar creando, en el 2012, el Sónar+D. Este es un salón ferial con todas las de la ley, donde se exponen los avances tecnológicos vinculados a la música. El propio Mobile World Congress decidió incorporarlo a su certamen, aunque la pandemia dio al traste con el proyecto. Atrae a visitantes profesionales en su espacio de Montjuïc, a pocos metros de donde se ofrecen las actuaciones del Sónar Dia. Pero ni así ha logrado el festival disipar los prejuicios que en el establishment barcelonés despierta este tipo de cultura menos formal.

A pesar de todo, el Sónar ha decidido elevar su apuesta con la creación del AI and Music Festival, junto a la UPC y

Betevé. Con la participación también del Institut de Ciències Fotòniques. Un taller previo retransmitido en directo con el título *Explorando las conexiones entre la inteligencia artificial y la música* acaparó en mayo del 2021 la atención del público internacional, ansioso, según se deducía de los comentarios en YouTube, por reconectar con esa Barcelona festivalera que la pandemia dejó en el limbo.

La propia Fira, siempre activa, se dispone a renovar su apuesta por Montjuïc, después de consolidar su espacio en l'Hospitalet y de incorporar a su ámbito el Centre Internacional de Convencions del Fòrum. El equipo directivo se propone dar nueva vida a los pabellones históricos del entorno de la avenida de Maria Cristina.

La 'V' de cultura

El novelista colombiano Fernando Vallejo definió la avenida del Paral·lel como "la Rambla paralela". Dejamos Montjuïc atrás y seguimos esta ruta imaginada por el litoral del 2023. En concreto, lo hacemos a través de esa *V* que conforman la Rambla y el Paral·lel y que es cada vez menos el *hub* de mala vida que sedujo a Vallejo y cada vez más otra cosa. No está claro aún qué cosa. Pero ahora constituye, de eso no hay duda, la zona cero de la *coronacrisis* en Barcelona, el decorado turístico que se cayó de pura falsedad.

En pleno confinamiento, con toda la población recluida en casa y los ciberseminarios sobre el futuro de las ciudades echando humo, se habló de un posible cambio de paradigma, de una oportunidad histórica para hacer tabula rasa y avanzar hacia un modelo turístico más respetuoso con los vecinos y con los mismos visitantes. Se dio por muerto el turismo de cruceros.

Sin embargo, en la primavera del 2021, de la mano de la vacunación, empezaron a regresar los turistas, y a todo el mundo le quedó claro que el futuro inmediato no era otro que recuperar el pasado perdido. Cuanto antes. Es una incógnita el tiempo que tardará Barcelona en reposicionarse como la potencia turística que fue –la ciudad recibió en el 2019 a 11,9 millones de visitantes–. Aunque puede que sea antes de lo previsto: en septiembre del 2021, los viajes empezaron a remontar con fuerza en todo el mundo. Puede que lo sensato sea pensar que no puede abordarse un cambio radical de modelo en medio de una crisis tan atroz, porque el sacrificio iría a cargo de las personas más expuestas. Tal vez sea más solidario acompasar esa reinvención de la ciudad turística con la evolución de la economía. Así lo expuso en una entrevista en *La Vanguardia* el periodista Ramon Aymerich, autor de *La fàbrica de turistes* (Grup 62).

Pero no puede obviarse la debilidad del modelo que el propio Aymerich constata en su libro. La necesidad de actuar ya para ir configurando una oferta turística más selectiva que vuelva a hacer de Barcelona una ciudad que merezca ser habitada y visitada. Sin olvidar que hoy por hoy no hay alternativa viable a esa economía del visitante. El decrecimiento no es una opción. Solo el crecimiento económico permitirá sufragar los grandes retos pendientes: la lucha contra las desigualdades y las agendas verde y digital.

De entrada, habrá que aplicar medidas correctoras. Más que insistir en la moratoria de hoteles –el veto a la cadena Four Seasons aún colea como ejemplo de oportunidad perdida– se podría seguir avanzando en la recaudación a través de la tasa turística. Si se compara con lo que recaudan por este concepto otras ciudades europeas, Barcelona aún tiene margen para usar una medida que sirve para compensar efectos perniciosos del turismo de masas mediante inversiones que mejoren la vida de los residentes. Pero es importante que los incrementos de la tasa se adecúen a la marcha de la economía: el decepcionante verano del 2021 puso de relieve el riesgo que corren los empresarios hoteleros cuando dan por buenas las previsiones siempre optimistas de las administraciones.

También habrá que intensificar las medidas para evitar que la marabunta de visitantes, cuando vuelva, acabe arrasando los barrios más frágiles. No olvidemos que hay pocas ciudades globales que en pleno centro urbano dispongan de una franja de cuatro kilómetros de playa relativamente segura y adecentada. Los delincuentes (muchos reincidentes) se ensañan con los turistas, y a ciertas horas puede aumentar la probabilidad de sufrir un incidente, eso es cierto, pero, en comparación con otras metrópolis playeras, la Barceloneta y el resto de los arenales son lugares razonablemente tranquilos. Y esto es una ventaja y a la vez un inconveniente, ya que deriva en una saturación del espacio público. En la Barceloneta lo saben bien.

Pero hay algo que se aprendió en los años del boom turístico, cuando se buscaban remedios para evitar la desertización de Ciutat Vella, que sí puede ponerse en práctica. Más que una solución al problema, lo que vamos a proponer sería una herramienta para evitar que el centro histórico se convierta en un gueto. Se trata, en definitiva, de consolidar los espacios de actividad económica y cultural existentes, pero también de implantar aún más pequeños negocios y más equipamientos como teatros, bibliotecas, salas de conciertos o museos. Son políticas que deben complementar las que tratan de combatir la proliferación desmesurada de apartamentos turísticos y la consiguiente gentrificación, quizás uno de los logros de los mandatos de Ada Colau.

En este contexto, imaginemos que, en ese futuro paseo del 2023, la Rambla y el Paral·lel configuran ya una auténtica *V* de cultura, con una renovada Nou de la Rambla (la calle que alberga el Palau Güell) como eje de conexión. Para hacerlo bien, habría que reforzar aún más, con ayuda pública, las instituciones culturales de la zona e invitar a los operadores privados –liderados por los teatros, los libreros y los programadores de conciertos– a participar, junto al sector público, en la planificación de esta operación de rescate del centro.

De entrada, en el vértice de la *V*, en el 2023, tendrán que haberse producido avances para que la ciudad pueda aprovechar algunos de los edificios públicos que llevan años abandonados o que están infrautilizados.

Porque las administraciones mantienen al final de la Rambla un parque inmobiliario en estado zombi que podría servir de revulsivo para la reactivación de esta zona estratégica. La antigua Foneria de Canons, que depende de la Generalitat desde el 2003, es tal vez el caso más sangrante, porque apenas nadie recuerda la última vez que vio la puerta abierta. Hubiera sido un emplazamiento ideal para una institución como Casa Asia, obligada a un nomadismo forzoso por unas administraciones que nunca la han valorado.

En el entorno están la Comandancia de Marina o el mastodóntico edificio de Aduanas, ambos de titularidad estatal. Y un espacio de gran simbolismo que va a quedar libre cuando la escuela de diseño e ingeniería Elisava, adscrita a la Universitat Pompeu Fabra, abandone su sede de la Rambla para trasladarse a Bon Pastor. No hay que olvidar que la implantación de la UPF junto a la calle Escudillers fue clave para la recuperación del barrio a finales del pasado siglo.

Algunos de estos equipamientos podrían servir de palancas para la reactivación. Si se les diera un buen uso, potenciarían dos ejes de conocimiento lineales y con intersección en la estatua de Colón: el vector que debe volver a vertebrar la Rambla alrededor de la cultura y el que ha de convertir el puerto en un continuo de innovación.

El vértice lo cierra el Museu Marítim, aletargado durante años de obras y dirección interina. Barcelona se merece un museo marítimo a la altura de su pasado, de su vocación por abrirse al mundo a través del mar. Si el Museo Naval de Madrid es una institución a mayor gloria de la Armada, el Marítim debe ser un foro civil de investigación, exposición y debate sobre los mares y los océanos. Pero dotado de una ambición que no ha tenido hasta ahora. Se ubica en un lugar con una historia extraordinaria: unas atarazanas donde se construían galeras para la corona de Aragón. Pocos museos marítimos del mundo pueden explicar un relato similar en el emplazamiento original. En cualquier caso, la decisión del Ayuntamiento de impulsar la programación de exposiciones de arte muy populares en la Sala Gran del museo servirá para mejorar la oferta en esa zona donde la ciudad se busca el pulso y no lo encuentra.

Porque ese final de la Rambla, que antes de la pandemia ya languidecía, es ahora la zona cero de la Barcelona poscovid. Las miserias han quedado más expuestas que nunca. El entorno de Santa Mònica necesita una sacudida que le devuelva el tono vital, una terapia intensiva de cultura y actividad económica. Ha resurgido el Museu de Cera, hay atisbos de futuro para el teatro Principal y conviven en las proximidades otros dos espacios que pueden ir ganando proyección: la Fundació Miralles y la Fundación Casa Rusia.

Pero otros edificios públicos y equipamientos culturales de la zona piden a gritos una puesta al día, cuando no una reinvención para que dejen de ser muertos vivientes. Un ejemplo es el Arts Santa Mònica, un centro obligado a cambiar de proyecto cada vez que hay un cambio de Gobierno, por lo que no ha gozado nunca de la continuidad necesaria. Sería conveniente dejar que los equipos directivos puedan desarrollar sus ideas en el largo plazo. Los primeros pasos de la nueva dirección, a cargo de Enric Puig, parecen prometedores. La transgresión vuelve al final de la Rambla.

En el entorno de la Rambla y del Paral·lel se concentran más de un centenar de agentes culturales, desde instituciones como el Liceu, el Cercle del Liceu (consolidado en los últimos años como un foro de debate abierto y dinámico), el Macba, la Virreina, el Cidob o el CCCB, hasta sobrevivientes de todas las crisis y de todas las pandemias, como la tienda Beethoven, La Central (una de las librerías más deslumbrantes del mundo) o los locales de música en vivo Harlem, Jamboree/Tarantos, el Tablao Cordobés o Sidecar. Es también un área de teatros, con el Romea en una posición central y las salas de un Paral·lel que se ha revitalizado gracias a la llegada arrolladora del Mago Pop al Victòria. Pero también son barrios de ciencia. En el entorno tienen sus sedes las academias de Ciències i Belles Arts, Farmàcia y Medicina; la sede barcelonesa del CSIC (Consejo Superior de Investigaciones Científicas) o el Ateneu Barcelonès y el Institut d'Estudis Catalans.

La Vanguardia ha organizado ya tres encuentros para visibilizar esas islas de vitalidad cultural y científica, que deberían funcionar como un dique para frenar el avance de ese desierto en que se convierten las áreas arrasadas por el turismo más depredador. Contrariamente a lo que han sostenido algunos responsables municipales, la cultura no es un agente de gentrificación. Al contrario: es uno de los remedios para las disfunciones que genera la sobreexplotación turística. Por un lado, sirve para atraer a visitantes *de calidad* (aquellos que respetan el destino que visitan; no confundir con los de alto poder adquisitivo) en detrimento de los más indeseables. Por otro, garantiza la presencia en los barrios más expuestos de vecinos y vecinas del resto de la ciudad que, si no fuera por estos reclamos culturales, los abandonarían a su suerte.

Es más. Cuando se relega la cultura por entender que hay cuestiones prioritarias, como la salud o la educación, se está subestimando su capacidad de conectar con los problemas sociales de la gente. Un buen ejemplo de hasta qué punto las manifestaciones culturales barcelonesas y catalanas contemporáneas se nutren de esa hibridación entre lo artístico y lo social es la exposición (junto con el catálogo) que se abrió en la primavera del 2021 en el Palau Robert con el título *Underground i contracultura a la Catalunya dels 70*, comisariada por Pepe Ribas y Canti Casanovas e impulsada por Jordi del Río. Allí se constata que ese momento de esplendor cultural barcelonés por todos reconocido hundía sus raíces no solo en otros referentes culturales, sino también en movimientos sociales como el feminismo, la ecología o algo tan necesario entonces como fue la antipsiquiatría.

Un ejemplo magnífico de resistencia cultural lo encontramos en Edimburgo. Durante el mes de agosto, cuando se celebra el desfile militar conocido como Tatoo, la Royal Mile, su *calle mayor*, sufre una invasión despiadada de turistas. Procedentes de todo el mundo, muchos llegan para asistir a este espectáculo, comprar whisky y artesanía y pasar un rato en un pub. Y, sin embargo, esta concurrida vía no se convierte aquellos días en un gueto turístico. Tanto el festival oficial de teatro como su versión off, el célebre Fringe, tienen sus oficinas en esa calle. También hay allí salas donde se representan obras del evento. Todo ello propicia que el centro histórico de la ciudad no quede abandonado a las hordas turísticas, que acaban siendo depredadoras del entorno, imponiendo modelos de hostelería o de comercio que ahuyentan al público local (y a no pocos visitantes). Se ha conseguido así que, en pleno verano, siempre haya algún aliciente cultural para recorrer la Royal Mile a pesar de la marabunta de turistas *paramilitares*. Por supuesto, el turismo del Tatoo es vital para la ciudad, pero no puede convertirse en el único usuario de sus calles más nobles.

Es vital preservar las instituciones y los negocios culturales en Ciutat Vella. Una manera de hacerlo es apuntalar y desarrollar entornos en los que la coincidencia de varios equipamientos de *vida inteligente* ejerza de polo de atracción cultural. Un ejemplo lo tenemos en el Paral·lel. En un tramo de menos de medio kilómetro de avenida coinciden el relanzado teatro Apolo; la sala musical del mismo nombre; un Barts que de la mano de la empresa Project ha esquivado un destino sombrío y se ha convertido en un local de referencia en su ámbito; el centro cívico Albareda; el citado Victòria; el Molino (ya en la órbita municipal); el Conservatori del Liceu; el maravilloso claustro de Sant Pau del Camp; el teatro Tantarantana; el teatro Condal; el nuevo espacio DAU al Sec (un poco más alejado); el Centre LGTBI de Barcelona con sus salas disponibles para actos culturales; una serie de buenas librerías o un Arnau que algún día habrá que rehabilitar. Si recordamos los largos periodos de degradación que ha vivido el Paral·lel en la historia reciente, resulta milagroso que haya tantas historias de supervivencia. Habrá que asumir que el gen de la avenida de los prodigios aún merodea por el barrio. Con capacidad de atraer a nuevos aventureros de la cultura.

Esta apuesta por la mancha de aceite cultural no debe limitarse a Ciutat Vella. El impacto del turismo masivo se ha extendido a otras zonas de la ciudad, como el eje del paseo de Gràcia o el entorno de la Sagrada Família. El crucerismo y el imán que ejercen atractivos como la Pedrera o la renovada casa Batlló movilizan a diferentes tipos de visitantes: también al turista exprés que con sus prisas y su burbuja de confort a cuestas es capaz de alterar cualquier paisaje comercial. Igual que en la Rambla o el Paral·lel, es importante mantener las constantes vitales en amplias zonas del Eixample. De hecho, en la confluencia Diagonal/paseo de Gràcia se ha acabado configurando un nuevo polo cultural. Por suerte, a los museos ya existentes, a las tiendas y a los hoteles con vocación cultural, a los cines y teatros, se han sumado en los últimos tiempos otros actores, como un Palau Robert que apuesta por las exposiciones de calidad, un Círculo Ecuestre más abierto a la cultura, una Casa Seat que ya es un polo de debate cultural y de problemáticas de ciudad, la citada casa Batlló o una renovada casa Vicens.

Las sucesivas crisis económicas y la pandemia han debilitado tanto el sistema que no resulta demasiado caro evitar que colapse, sobre todo en un contexto de ayudas europeas masivas. Sería como invertir el manido *too big to fail* y admitir que, en circunstancias excepcionales, también debería tener sentido el *too small to fail*.

La supermanzana pendiente

La revolución verde que impulsa el equipo de Ada Colau tiene un indudable efecto positivo: ha servido para promocionar la ciudad y compensar los titulares negativos en los medios internacionales sobre la saturación turística y la pérdida de encanto. Aquella fue una tendencia que empezó a apreciarse en la segunda mitad de la década anterior, con el auge de los alquileres turísticos, los vuelos baratos, plagas como el turismo sexual o de borrachera y la desaparición de comercios y lugares que conferían a la ciudad un encanto propio. De repente, empezaban a aparecer informaciones como aquella de *The New York Times*, en el 2019, en la que se promocionaba Valencia como "una nueva Barcelona" sin la saturación turística que había convertido a la segunda en una ciudad antipática.

Pero, en medio de este ruido mediático que ponía banda sonora a la muerte de un modelo de éxito, empezaron a publicarse algunas informaciones positivas. Eran artículos que situaban a la ciudad a la vanguardia del nuevo *urbanismo humanista*. Las políticas de *pacificación* de calles aplicadas en la capital catalana, basadas en las restricciones al tráfico y en la proliferación del verde, se contraponían en los medios internacionales al modelo de crecimiento anárquico y sin límites de otras urbes. Barcelona aparecía alineada con ciudades cuyos alcaldes militaban también en la causa de la reducción del tráfico rodado, como París, Londres o Nueva York.

Una piedra angular de esta política son las supermanzanas de Poblenou y Sant Antoni, espacios del Eixample donde se ha limitado drásticamente el tráfico y se ha instalado un mobiliario que favorece la vida comunitaria. Nos detendremos más adelante en esta revolución urbanística que tiene sus partidarios y detractores.

Si se menciona ahora es porque el impulso de esta política en otras zonas de la ciudad ha relegado una obra estratégica pendiente en esta Ciutat Vella, por donde transcurre ahora nuestro itinerario por la Barcelona del 2023. El asunto tiene que ver con las prioridades presupuestarias: toda apuesta se hace en detrimento de otra, que queda relegada hasta mejor ocasión. Y esto es lo que está sucediendo con la reforma integral de la Rambla. Todo apunta a que el paseo no podrá sumarse al año 2023 de las conmemoraciones. Al menos, como espacio ya plenamente remodelado. La ciudad ha tenido otras prioridades. El gran eje verde del Eixample puede relegar algunas mejoras que son muy necesarias y que tienen un elevado valor simbólico.

De hecho, la Rambla es la gran supermanzana pendiente. Su reforma se ha demorado durante años. Por falta de presupuesto, no se han aprovechado los meses en que el paseo estaba desierto por la pandemia. Se ha perdido una oportunidad de relanzar la ciudad desde su mismo corazón. Cuando finalmente se haga, se comprobará hasta qué punto es fructífero invertir en la reconquista de un espacio simbólico que se había abandonado al turismo.

Para volver a poner en pie estos barrios, no hay mejor receta que ese cóctel de buen urbanismo, actividad cultural, actividad económica y medidas que corrijan los desmanes de otras épocas. Por ejemplo, se puede cambiar el uso de los comercios del paseo fomentando el aterrizaje de jóvenes emprendedores, de iniciativas de economía circular o de negocios culturales. Pero también abordar temas delicados sobre los que el Ayuntamiento no tiene plenas competencias, por lo que deberían colaborar otras administraciones. Asuntos como el control de los alquileres turísticos o la imposición de medidas que desincentiven el desembarco de los cruceros que no tienen ni salida ni llegada en Barcelona. Son barcos que aportan poco y restan mucho, por su impacto brutal en las calles más céntricas. Perjudican incluso el propio turista, que no ha viajado a Barcelona para estar rodeado por todas partes, a todas horas, de otros turistas.

Innovar, regenerar

El recorrido por esta Barcelona del 2023 se detiene en el Pier01, sede principal de ese oasis que es la asociación Tech Barcelona. No solo se ha convertido en una historia de éxito desde su creación en el 2013, sino que de alguna manera sirve también de escaparate de la ciudad innovadora.

El Pier01, inaugurado en el 2019, es un agente dinamizador en esa parte de Barcelona sometida a la presión turística. En esos periodos recurrentes en que la ciudad se abandona a la melancolía, es estimulante recorrer las salas que comparten personas de talento diverso e intergeneracional. Personajes que desde su disparidad pueden llegar a ser complementarios. Un veterano de la industria textil trabaja para lograr que los hospitales compren su tejido para optimizar los procesos de quimioterapia. Se sienta junto a una sala donde un grupo de jóvenes levantan una app que gestiona el alquiler por horas de habitaciones de hotel de todo el mundo. Mientras tanto, en una mesa con vistas a la Barceloneta, las responsables de una fundación de arte y ciencia tratan de posicionar la ciudad en la vanguardia de las políticas de realfabetización botánica. Una apertura más decidida al mundo de la cultura haría que el impacto de este colectivo de emprendedores sobre la ciudad fuera aún mayor.

Tech Barcelona no es el único polo de innovación de la ciudad, pero su ubicación en Ciutat Vella lo convierte en un actor relevante de las políticas de regeneración urbana. El efecto provechoso de concentrar *start-ups* en una zona que sufre ya una fuerte presión turística es similar al que cabe atribuir a la cultura. La primera persona a quien escuché elogiar con convicción las ventajas de inyectar actividad económica en los barrios turísticos fue al director general de Barcelona Global, Mateu Hernández. Llevábamos ya unos meses de pandemia y comentábamos que había determinados restaurantes del centro que por primera vez atendían a los clientes locales de una manera civilizada. La ausencia total de turistas les había obligado a cambiar de actitud y a mejorar el producto que servían. Por primera vez en mucho tiempo, los clientes eran personas susceptibles de repetir la visita. El trato era sin duda más digno, sin sablazos ni malos modos.

Es un efecto que no se puede despreciar. El personal que trabaja en el sector cultural o en cualquier negocio de nuevo cuño implantado en el casco histórico interactúa con su entorno: come en los restaurantes y compra en sus comercios, lo que puede contribuir a mejorar la oferta y, llegado el caso, hasta la calidad de los puestos de trabajo. Se contribuye así a combatir la creación de guetos donde proliferan las paellas gomosas y los mojitos con bacterias fecales, como los que se incautó la Guardia Urbana el verano del 2017.

En el 2023, es previsible que haya proseguido la expansión de Tech Barcelona a través de Ciutat Vella y más allá. De hecho, en el 2020 la plataforma suscribió un acuerdo con Bolsas y Mercados Españoles para crear un centro especializado en tecnologías aplicadas al sector financiero en la Borsa de Barcelona, en el paseo de Gràcia. Eso sí, cuando se visita la sede del Pier01 en el puerto, resulta obvio que su ámbito natural de crecimiento sería el edificio contiguo, que acoge ahora el Museu d'Història de Catalunya. Es cierto que para que esto fuera viable tendrían que alinearse muchos factores, lo que convierte la operación en improbable. Al menos, a corto plazo.

Muy cerca del Pier01 está el histórico edificio de Correos, en camino de convertirse en un polo de la economía digital. Correos cede el inmueble –aunque se queda una parte para innovación–, el Consorci de la Zona Franca lo rehabilita y el Ayuntamiento lo gestiona. Es de esperar que en el 2023 se haya avanzado en la puesta de este edificio estratégico al servicio de la reactivación de Ciutat Vella, más allá de los beneficios que puedan derivarse de su actividad intramuros. En cierto modo, aunque resulte paradójico, en esta sociedad líquida el ladrillo sigue siendo el mensaje.

En esta línea, Seat, que bajo la presidencia de Luca del Meo saltó las barreras metropolitanas en sentido inverso al habitual y se hizo más presente en la ciudad, estrenó en el 2020 un edificio de cuatro plantas en la Rambla para su Seat Code, un centro de desarrollo de soluciones de software con trabajadores altamente cualificados.

Otra oportunidad para el puerto

Hay un espejo en el que el puerto barcelonés podría mirarse. Es un espejo deformante, ya que nos referimos al litoral de Oslo, una ciudad que en lo económico se beneficia de un fondo soberano noruego que ni por asomo tiene un equivalente en el caso de Barcelona. Aun así, resulta estimulante comprobar que el vector de la transformación de una zona alicaída de la capital escandinava haya sido la cultura. La implantación de nuevos equipamientos culturales en primera línea de mar forma parte del proyecto Fjord City, impulsado por un consorcio público-privado. El plan, en distintas fases de ejecución, incluye la ópera, el Museo Munch, la nueva y espectacular biblioteca pública, el museo del mítico navío *Fram* o el museo de arte contemporáneo privado Astrup Fearnley.

Otro referente podría ser la Brooklyn Navy Yard, el histórico complejo de astilleros del East River, en Nueva York.

Tras largos periodos de declive, en la década anterior se promovió el aterrizaje de centenares de pequeños negocios basados en la innovación y también de talleres de artistas. Entre otros referentes culturales que se han ubicado allí están los estudios audiovisuales Steiner.

No ha tenido suerte históricamente el Port de Barcelona con sus actividades no portuarias. En lo cultural, el resultado ha sido más bien deprimente. El abandono de los edificios del Imax y los cines Maremagnum es la prueba de ese fracaso. El Museu d'Història de Catalunya tiene un alto valor simbólico, pero hasta ahora no ha funcionado como un polo de agitación cultural. De aquella generación de equipamientos olímpicos y postolímpicos resiste bien l'Aquàrium.

La pandemia, por lo que tiene de acelerador de tendencias, ha evidenciado lo obsoleto de la apuesta y ha obligado a repensar también esta parte de la ciudad con cierta premura. ¿Por qué no involucrar al puerto en esta apuesta barcelonesa por la innovación y la cultura? Hay espacios suficientes en el entorno. Se mencionaban antes los edificios zombis del final de la Rambla, pero se podrían añadir los tinglados del muelle Oriental o los espacios por redefinir junto al Maremagnum.

En este sentido, el proyecto del centro de arte del Hermitage y del Liceu en el entorno del Hotel W (con pleno apoyo del puerto) tenía el interés de dar un reimpulso cultural a un barrio, la Barceloneta, demasiado expuesto al turismo. La ciudad ganaba un equipamiento para el arte financiado con dinero privado, mientras que el Liceu se dotaba de un nuevo espacio para la danza y la ópera contemporánea y la experimentación que aportaba un factor diferencial a su oferta: pocas óperas del mundo pueden presumir de programar actividades en un entorno portuario. Y muy pocas óperas disponen de un laboratorio de ideas como el que se proyectaba. Sin embargo, la negativa de BComú –después se sumó ERC– a valorar la propuesta frenó el proyecto. Ni siquiera se aprovechó la capacidad de Barcelona de condicionar la aprobación del plan a un compromiso por parte de los promotores de ofrecer exposiciones de calidad. Una vez más se impuso la tendencia al rechazo de entrada, tan en boga en Barcelona y Catalunya en los últimos años.

En esta parte de Barcelona resulta más evidente que en otras que uno de los vectores principales de la saturación turística son los apartamentos alquilados de manera ilegal, una lacra que el Ayuntamiento de Ada Colau empezó a combatir, al frente de una alianza de ciudades globales, en su primer mandato. Sin embargo, valorar la cultura –ya sea pública o privada– como un factor de equilibrio entre barrios es aún una asignatura pendiente en ciertos ámbitos de la izquierda. El proyecto del Hermitage ha sido víctima de esa infravaloración del papel de la cultura. Con argumentos a veces inconsistentes o desacertados. Por ejemplo, se ha insistido en que Barcelona no es una ciudad de franquicias –como si un mero satélite del Hermitage ya la convirtiera de golpe en *ciudad de franquicias*–, sin valorar los cambios registrados en los últimos años en el contexto global. Por ejemplo, mientras Barcelona ponía trabas al museo ruso, el Centro Pompidou de París anunciaba la apertura de un satélite en Nueva Jersey, en el área metropolitana de Nueva York.

Pero tampoco los promotores privados están libres de responsabilidad. Durante los primeros años, el proyecto transitó entre tinieblas, sin un interlocutor capaz de seducir ni siquiera al sector más *business friendly* de la ciudad. Tras la muerte de Jorge Wagensberg, quien supo imaginar un contenido atractivo y disruptivo para el Hermitage, los promotores no acertaron a formular un discurso artístico sugerente. De hecho, no hubo ningún discurso artístico más. Tanto silencio acabó alentando la idea de que lo que realmente interesaba a los impulsores del proyecto eran la cafetería y la tienda. El único atisbo de propuesta artística había que buscarlo en los *renders* promocionales del futuro edificio facilitados por los propios promotores: en ellos aparecían salas con una caprichosa disposición en la que se alternaban Plensa, Giacometti y *La danza* de Matisse, nada más y nada menos. Hay que recordar también que el mensaje más diáfano que ha llegado durante estos años desde el Hermitage ruso tenía más de amenaza que de intento de seducir a través del arte: lo pronunció el director de la institución, Mijaíl Piotrovsky, cuando advirtió en *La Vanguardia* que "si no sale el proyecto de Barcelona, buscaremos otra ciudad".

Este puerto de la innovación, del que ya forma parte el Pier01, podría completarse, por un lado, con el aterrizaje del Urban Tech Hub, un proyecto de investigación de los efectos de la transición ecológica y digital en la ciudad que lideran el Institut d'Arquitectura Avançada de Catalunya, la propia Tech Barcelona y el Col·legi d'Arquitectes de Catalunya. Por otro lado, está pendiente de desarrollo la apuesta por la llamada economía azul –también con la reconversión del Port Olímpic–, que es la que reconoce el valor de los mares como motores económicos. Asimismo, está previsto que la UPC edifique, cerca del hotel W, un edificio auxiliar de su facultad de Náutica.

La Ciutadella de los prodigios

Un puerto que sumara ese valor cultural y económico a su actividad tradicional sería además un elemento clave para garantizar el continuo portentoso del litoral. Funcionaría como el elemento de conexión entre el renovado Montjuïc y otra de las potenciales áreas de centralidad, que es el entorno de la Ciutadella. Es en esta zona donde arranca la novela de Eduardo Mendoza *La ciudad de los prodigios*, el libro de cabecera de la reinvención barcelonesa de finales del siglo XX. Y es aquí donde, siglo y medio después, podría articularse uno de los principales polos de talento de la ciudad y de su área metropolitana.

Cuando se rastrea el origen de la idea de la Ciutadella del Coneixement, aparece un nombre clave en las historias catalanas de éxito de los últimos tiempos: Andreu Mas-Colell. El profesor y exconseller de Economia ha sentado de alguna manera las bases del actual ecosistema catalán de investigación. Él concibió la exitosa Institució Catalana de Recerca i Estudis Avançats (Icrea). Él impulsó el Barcelona Institute of Science and Technology (BIST), desde el que se promueve y se reclama la inversión en salud de los fondos europeos, para convertir este sector en un motor de recuperación y de transformación. Y, en este caso concreto, fueron él y el profesor Jordi Camí quienes vieron la oportunidad de impulsar un polo de ciencia y cultura en la Ciutadella que conectara con los institutos científicos del litoral, como los centros incluidos en el

Parc de Recerca Biomèdica, el Institut de Ciències del Mar o el Parc de Salut Mar. En su arranque, el proyecto contó también con la complicidad del director general de Barcelona Global, Mateu Hernández. La teniente de alcalde Janet Sanz vio con buenos ojos el proyecto. Con el tiempo, se han ido sumando otros agentes.

¿Habrá en el 2023 alguna evidencia de este proyecto que no sea una mera restauración parcial de edificios ya existentes? En principio, la respuesta es sí. A lo largo del 2022 tienen que empezar las obras de la piedra angular del plan: el complejo de investigación e innovación en biodiversidad, biomedicina y bienestar planetario del antiguo Mercat del Peix, un espacio ocupado durante años por un aparcamiento al aire libre, junto a la Pompeu Fabra. El proyecto lo promueven el Instituto de Biología Evolutiva (dependiente del CSIC), el BIST y la propia UPF, con dirección de Francesc Subirada. Colaboran también el Ayuntamiento y la Generalitat. Son tres edificios que deberían estar listos en el 2025. Al menos, por lo que respecta a las obras.

En el otro extremo del parque, alineado con el paseo de Picasso, se encuentra el futuro eje cultural de la renovada Ciutadella. Durante años, sin embargo, el lugar ha ido degenerándose hasta acabar convertido en un auténtico bulevar de la vergüenza. Esa degradación se agudizó en el 2010.

Hasta aquel año, en Barcelona podían visitarse dos museos que tenían el encanto irresistible de los viejos gabinetes de curiosidades. Eran los de zoología y geología, acogidos bajo el paraguas del Museu de Ciències Naturals. En la planta superior del primero se exhibían, desde 1920, vetustos dioramas de animales disecados dentro de vitrinas de madera, auténticas joyas del relato naturalista.

En Nueva York, Londres o París, los viejos museos de historia natural han sido sometidos a ambiciosos trabajos de modernización, aunque siempre respetando sus sedes históricas. En Barcelona, en cambio, el Ayuntamiento optó por trasladar aquellas colecciones a un nuevo edificio en el Fòrum. En su moderna sede, el museo se adaptó a los nuevos tiempos programando exposiciones de calidad. Pero su traslado tuvo un efecto indeseado: el entorno de su antiguo emplazamiento en la Ciutadella acabó convirtiéndose en un páramo. Desidia barcelonesa en estado puro.

La última ha sido una década perdida. Desde el momento en que el Castell dels Tres Dragons (sede del Museu de Zoologia) y el Martorell de geología dejaron de recibir público, la zona empezó a degradarse. En especial, las estructuras que acogen el Hivernacle y el Umbracle. Durante los meses de la pandemia, si uno se asomaba a este último podían verse colchones dentro.

En la primavera del 2021 se anunció, por fin, el inicio de las actuaciones para devolver la vida a estos equipamientos. Si se cumplen los plazos, a lo largo del 2023 podrán volver los visitantes a las salas del Museu Martorell. En un guiño a su pasado, se restaurarán las antiguas vitrinas y habrá una exposición permanente sobre la relación del ser humano y la naturaleza, con el referente de los viejos museos de historia natural y de los gabinetes de curiosidades. Una prueba de lo atractivas que pueden llegar a ser estas *wunderkammer* la tenemos en el Institut Botànic, que acoge, con una disposición museística audaz, el viejo gabinete de curiosidades de la familia Salvador.

También se anunciaron en el 2021 los trabajos para poner al día el Hivernacle. La reforma de estos museos debería ser considerada como la segunda piedra de la Ciutadella del Coneixement, después del Mercat del Peix. De hecho, hay pocos equipamientos más indicados para acoger la convergencia entre la ciencia y las artes que las viejas galerías semiabiertas de 1888. El Hivernacle y el Umbracle son espacios ideales para nuevas tendencias expositivas. Un uso muy acorde con estos tiempos de reconexión con la naturaleza sería programar exposiciones de arte botánico en su interior. Es un tipo de arte, a menudo con empleo de soportes digitales, muy compatible con el uso tradicional de un invernáculo. Hoy no hay ninguna ciudad que destaque en esta disciplina artística. Así que Barcelona tiene una oportunidad. En la capital catalana está asomando una nueva generación de artistas con esta orientación, como Paula Bruna, Pep Vidal o el colectivo Akyute.

El Umbracle dispone incluso de un espacio central idóneo para programar conciertos de biomúsica o de música inspirada en las plantas, sin excluir otros estilos. De hecho, recuperar aquellas sesiones de Jazz a l'Hivernacle de principios del siglo XXI también sería apropiado en una ciudad que no dispone de una escena jazzística acorde con su tradición.

Otro aspecto fundamental de esta reforma es la necesaria conexión de la Ciutadella con el barrio del Born, ahora obstaculizada por la verja del parque. De momento, se contempla que se pueda acceder al Museu Martorell desde el paseo de Picasso, donde languidece la escultura que es el homenaje de Antoni Tàpies al autor del *Gernika*, a falta de peatones que se paren a mirarla.

A estas alturas, ha quedado constatado que la mística que rodea al antiguo mercado del Born no ha ayudado a revitalizar una zona que merecía mejor suerte. El hecho de haber sacralizado un espacio tan relevante en detrimento de fórmulas mixtas, como hubiera sido cubrir las ruinas del 1714 con un suelo transparente, no ha ayudado precisamente a dinamizar el barrio.

Pero la experiencia de otras ciudades sugiere que hay vías para preservar un espacio emblemático sin renunciar a mantenerlo vivo. Una de ellas es propiciar el diálogo entre el marco *musealizado* y manifestaciones culturales de hoy. Un ejemplo evidente es el del palacio de Versalles, que desde el 2008 acoge exposiciones de arte contemporáneo. En el solemne edificio, que ya fue escenario de creación contemporánea en tiempos de Luis XIV, han aterrizado –no sin polémica– las obras de artistas como Jeff Koons, Takashi Murakami, Joana Vasconcelos, Anish Kapoor o Olafur Eliasson. Experiencias similares se han desarrollado en los últimos años en ciudades monumentales como Florencia o Trieste, donde la escultura de hoy se ha confrontado con la arquitectura histórica. En Aviñón, en el 2010, se permitió a Miquel Barceló reinterpretar con sus criaturas irreverentes las mismísimas tumbas del palacio de los Papas. En el festival de Edimburgo, una compañía de teatro tomó la iglesia de Saint Cuthbert para representar nada menos que la diabólica *Maestro y Margarita* de Bulgákov. El verano del 2021, en Venecia, la iglesia de Santa Maria dei Derelitti no ponía ningún reparo en que la Agencia Espacial Lituana cubriera con papel de plata el mobiliario del templo en el marco de la Bienal de Arquitectura. Y a poca distancia de allí, en la solemne Biblioteca Marciana, el implacable Helmut Helnwein exponía sus retratos de niños nazificados y sus pesadillas *disneyianas*. Sin alejarnos de Barcelona, el Liceu ha empezado a experimentar en el salón de los espejos la cohabitación entre instalaciones artísticas de vanguardia y la atmósfera del viejo teatro.

Promover exposiciones punteras de arte contemporáneo en las mismas ruinas del Born no devaluaría su mensaje simbólico, sino que pondría de relieve un espacio que languidece y, de paso, ayudaría a revitalizar el barrio. Podría llegarse incluso a un acuerdo para que esas exposiciones en el espacio central se integraran bajo el paraguas del Macba, sin menoscabo de las muestras que se vienen realizando en las salas laterales.

El barrio, en cualquier caso, tendrá una nueva oportunidad para despegar de la mano de la gran Biblioteca de Barcelona. Este es precisamente el equipamiento que en un primer momento estaba previsto ubicar en el Born... en 1996. A la biblioteca no se la espera en el 2023. Las obras pueden prolongarse durante toda la década. Pero el derribo del edificio ferroviario que ocupa parte del solar elegido, junto a la estación de França, sí está previsto que se realice en el 2022.

Sobre el papel de esta macrobiblioteca en una ciudad que quiere ser capital literaria se hablará más adelante. Ahora nos referiremos al efecto dinamizador que el edificio (en realidad son tres módulos contiguos) tendrá sobre la zona. Puede argumentarse que otras ciudades han ubicado sus bibliotecas principales en el centro. De hecho, había partidarios de llevarla al edificio del Banco de España de la plaza de Catalunya. Alegaban que así se evitaría el error de volver a situar una institución clave en un emplazamiento no céntrico, cometido en su día con el MNAC. Pero el entorno de la estación de França, por inhóspito que resulte ahora, tiene muchos números para convertirse en un ejemplo de regeneración urbana. Muy mal tendrían que hacerse las cosas para que la nueva biblioteca no se convirtiera, por sí misma, en un foco de nueva centralidad. Sobre todo, si se pone en contexto con todo el proyecto a desarrollar en la Ciutadella. De alguna manera, podría convertirse en otro foco del futuro polo de conocimiento, el mismo papel que en el ámbito científico tendrá el nuevo Mercat del Peix, en el extremo norte del parque. Y, por *simpatía*, podría acabar propiciando una reforma integral de la estación para que la ciudad saque provecho de otro de sus espacios infrautilizados.

La continuidad del Parlament en su actual emplazamiento tendría más sentido que nunca, por prestar relevancia institucional a un proyecto innovador. Pero está por ver el papel que tiene que jugar el zoo. De entrada, en el proyecto del antiguo Mercat del Peix se contempla "repensarlo" como "un centro de estudio y conservación de la diversidad biológica". Armonizar los intereses de los trabajadores, la investigación puntera y la obligación de garantizar la vida digna de los animales es un reto pendiente que no solo tiene el Ayuntamiento de Barcelona, sino la mayoría de las ciudades del mundo.

El proyecto debería culminarse con la cobertura de las vías de tren para facilitar el acceso desde la Ciutadella hasta el frente litoral a través de una suerte de gran plaza elevada. Esta obra propiciaría la conexión del parque con los equipamientos científicos de Barceloneta-Vila Olímpica, a los que habrá que sumar la ampliación del hospital del Mar en el 2024. Entre las incorporaciones a este eje de conocimiento está también el centro de fotografía de Mapfre, KBr, que ha irrumpido con fuerza en el panorama cultural barcelonés.

Este salto de la Ciutadella al mar debería contemplarse solo como una guinda del proyecto, y no como una obra a la que supeditar el conjunto. En primer lugar, porque la plataforma elevada debería partir de terrenos que ahora ocupa el zoo, por lo que antes de plantearla habría que tomar una decisión sobre el futuro de este. Y, en segundo lugar, por su elevado coste. Por todo ello, es razonable centrarse en lo que está al alcance de los presupuestos actuales y de unos eventuales fondos europeos. El Mercat del Peix y el eje de los cuatro museos del paseo Picasso tienen la suficiente entidad como para que pueda argumentarse que las obras de un nuevo polo científico y cultural barcelonés están ya en marcha. Y para promocionarlo en estos términos entre locales y foráneos.

La caída de un muro

Dejamos atrás la Ciutadella del 2023. Con obras ya iniciadas y alguno de sus museos reabiertos, el parque será entonces un primer esbozo de lo que puede llegar a ser. La ruta por este renovado litoral vira ligeramente hacia el interior y toma la senda de una avenida Meridiana que en este tramo concreto ya está en el futuro. Amplias aceras, un carril-bici holgado y el tranvía conectan ya la Ciutadella del Coneixement con el nuevo centro urbano de Glòries.

Antes de hablar de Glòries, hay que recordar que no siempre los grandes proyectos surgen de la genialidad concebida en una hoja en blanco. A veces, basta con saber rectificar los propios errores. La enmienda puede llegar a tener un efecto liberador, sobre todo cuando la equivocación se ha enquistado en el tiempo. En este contexto, una contrarreforma puede ser considerada también una intervención vanguardista.

Gobernaba el PSC cuando, en el marco de la gran reforma urbanística de 1992, se decidió construir la doble anilla viaria de Glòries (también conocida como *el tambor* o *el scalextric*) para ordenar los accesos rodados a la ciudad. Para compensar tamaño homenaje al CO_2, se ubicó un parque en el interior de la anilla de más de dos hectáreas. Tal vez fuera el parque con peores vistas del mundo. Y el espacio verde más tóxico. Los barceloneses no tardaron en percatarse y en abandonarlo a su suerte.

La sacudida que se dio a sí misma la ciudad con el pretexto de los Juegos tuvo aciertos que han pasado a la historia del urbanismo moderno. Pero convertir en un humeante festival de autopistas el espacio que Cerdà definió como uno de los nuevos centros urbanos no fue una decisión con visión de futuro. La prueba es que solo quince años después, en el 2007, los cinco grupos principales del Ayuntamiento suscribieron el llamado *Compromís per Glòries*, que contemplaba la eliminación del nudo viario por haber "empeorado la calidad de vida y las condiciones ambientales en el entorno urbano de la plaza".

El hecho es que aquella obra perjudicó a los vecinos, pero también actuó como muro disuasorio de la comunicación entre los diferentes barrios de la ciudad. Este *efecto pared* se puso de manifiesto tras el estreno del Teatre Nacional y l'Auditori, que nunca fueron capaces de proyectarse hacia el lado Besòs de la ciudad, porque lo que había allí era un páramo. También funcionó el *efecto pared* cuando el distrito innovador del 22@ estuvo a pleno rendimiento. Se comprobó entonces que no tenía solución de continuidad con el centro de la ciudad, porque Glòries actuaba como un muro psicológico más propio de un arrabal de Los Ángeles que de una ciudad mediterránea. El *scalextric* siempre irradió marginalidad.

El tambor estuvo allí hasta su derribo en septiembre del 2014, veintidós años después de su construcción. Pero el *efecto muro* se ha prolongado hasta entrada esta década. A pesar de que la zona ha ido ganando poco a poco en espacio verde, las obras y los desvíos viarios provocados por ellas han seguido teniendo un efecto disuasorio. A lo largo del 2022, la ciudad comprobará el efecto liberador de la reconversión de Glòries en un espacio amable, con gran parte del tráfico soterrado. Será la hora de la reconexión barcelonesa en torno a la magnífica torre de Jean Nouvel.

Glòries: nuevas afinidades

Pionero de la cultura en el barrio, al Casino l'Aliança del Poblenou le ha salido compañía. Fundado en 1869 pero ubicado en su actual emplazamiento en la rambla de Poblenou desde 1929, este venerable centro cultural que ahora es fundación privada ha sabido adaptarse a los tiempos. En 1984, con el cierre del histórico cine Ideal (el espacio que ocupa hoy el centro de artes digitales del mismo nombre), se quedó prácticamente solo como referencia cultural, junto con el Centre Moral i Cultural. Hasta que en 1992 abrieron los multicine Icària y Glòries para hacerles compañía.

Desde entonces, al tiempo que aterrizaban en el distrito empresas innovadoras de todas las procedencias, se han ido abriendo una serie de equipamientos que han imprimido al 22@ y a su entorno inmediato un giro cultural muy notable. Se trata de teatros como la Sala Beckett o la sede central de la productora Focus, que albergará en un futuro cercano un centro formativo, la Barcelona Artist Factory. Salas de concierto como Razzmatazz. Librerías de ciudad como Nollegiu, Etcètera, La Petita o La Insòlita. Museos y centros de arte como el relanzado Disseny Hub, Can Framis/Fundació Vila Casas, Utopía 126, Niu Espai Artístic o el propio Ideal, que ha irrumpido con fuerza incorporando nuevos formatos digitales y desarrollando dos niveles de actividad: las grandes exposiciones y las iniciativas de más riesgo. Medios de comunicación como Radio Nacional o Betevé. El Edificio Media TIC. Centros universitarios como la UPF, BAU Centre Universitari de Disseny o el Institut d'Arquitectura Avançada de Catalunya. Centros de creación como Hangar o La Escocesa. Productoras como Mediapro o Lavinia. Editoriales como RBA, el Grup Enciclopèdia y Trampa Ediciones. Espacios de dinamización cultural como La Farinera, Can Felipa, La Bonita, el Ateneu Flor de Maig o Paloalto. Estudios de artistas como los de Perico Pastor o Antoni Miralda. La heroica tienda de discos Ultra-Local Records. Instituciones del ámbito político con clara vocación de cultura, como Casa Asia, en su sede provisional. Y, todavía en el limbo de los proyectos sin financiación, la Casa de les Lletres que debía ubicarse en un edificio abandonado de la calle Roc Boronat. A todos estos agentes culturales hay que añadir el proyecto de rehabilitación del espacio fabril de Can Ricart, que impulsa la Universitat de Barcelona y que se quedó paralizado por falta de financiación. Aquí lidera la UB unas veinte instituciones de enseñanza superior del ámbito de la creatividad, llamadas a participar en un proyecto que es innovador por conectar diferentes disciplinas.

Hay que destacar que algunos de estos centros han recuperado para su actividad inmuebles históricos del barrio, como el citado cine Ideal o el comercio textil que acoge la librería Nollegiu. Y también debe subrayarse la vinculación entre la tecnología y los proyectos culturales que florecen en la zona, derivando en ese híbrido que podríamos llamar *tecnocultura* y que el escritor Jorge Carrión define como la fórmula de éxito para la Barcelona de los próximos años.

Este polo cultural cuenta, también, con esculturas que dignifican el espacio público. Una es el *Monument a les Il·lusions perdudes (MALIP)* de Toni Batllori, instalada en el 2015 en la confluencia de Diagonal con la rambla del Poblenou. Resulta paradójico que una obra que apela a las ilusiones perdidas dé la bienvenida a un distrito con tanto futuro como el 22@. Pero ya sabemos que el arte no es lo que uno ve, sino, como decía Degas, lo que el artista quiere hacer ver. La otra obra, instalada el verano del 2021, es *Himno, mito y paraíso*, de Susana Solano, una ácida reflexión sobre el espacio público situada en el parque de Ca l'Aranyó.

Que la plaza de las Glòries deje de ser un obstáculo real y psicológico va a disparar el valor cultural de la zona. A todos los equipamientos citados van a sumarse los del *otro lado del muro*: l'Auditori, la Escola Superior de Música de Catalunya (ESMUC), el Museu de la Música, el TNC, la Sala Versus Glòries de la calle Castillejos y, algo más alejada, la sede del Arxiu de la Corona d'Aragó. Junto a algunos de nueva creación, como la cúpula de la torre Glòries, donde se instalará una obra de grandes dimensiones del artista argentino afincado en Berlín Tomás Saraceno.

En este contexto, tal vez sería oportuno plantearse cuestiones como la promoción conjunta de estos equipamientos o los usos culturales que se podría dar, de manera puntual, a la gran explanada central de la plaza. Se trata de un espacio de 1,1 hectáreas que hace volar la imaginación. Evoca esos grandes eventos culturales que acogen Central Park, Hyde Park o el Tiergarten berlinés.

A propósito de Berlín: en la década de los noventa, la caída del Muro liberó grandes espacios que fueron urbanizándose sin planificación general, en el torbellino de una vorágine constructora sin precedentes en la historia moderna. Uno de ellos, quizás el más emblemático, es la Potsdamer Platz, un lugar de gran dinamismo, pero afeado por la extrema heterogeneidad de sus edificios.

En Glòries no ha hecho falta esperar a la desaparición del anillo viario: la presencia de un engendro semejante alentó la urbanización desacomplejada de la plaza, que ahora luce en su lado mar edificios que dialogan tan poco entre sí como l'Auditori, el Teatre Nacional, los nuevos Encants, el Disseny Hub o la propia torre Glòries. La estética del conjunto no va a mejorar con la finalización de las obras, eso es seguro.

En el lado positivo, hay que subrayar que en los últimos tiempos han ido surgiendo en la zona espacios que ahora adquirirán más relevancia. Es el caso de Can Framis y el de las contiguas calles de Sancho de Ávila, Roc Boronat y Llacuna. El centro de arte, que ha ido ganando proyección a base de buenas exposiciones, se beneficia de la presencia de un entorno pacificado en su lado mar: la supermanzana del Poblenou. Una mañana de sábado es habitual ver a familias celebrando los cumpleaños de sus hijos en las mesas habilitadas en plena calle, junto al museo, o competiciones improvisadas de atletismo en la pista de ochenta metros de la calle Almogàvers. Y en días laborables la actividad se concentra en la salida de las escuelas, donde el alumnado puede jugar como lo hacían sus abuelos antes de la irrupción del coche. Por contra, proliferan las críticas por la inseguridad, sobre todo a partir de la pandemia.

Como decíamos en un capítulo anterior, la implantación de las supermanzanas se ha convertido en el eje del debate crítico sobre el urbanismo del Ayuntamiento de Ada Colau. Un debate que ha trascendido más allá de las fronteras.

En plena pandemia, participé en un podcast del BBC World Service dedicado al fenómeno de las supermanzanas barcelonesas, definidas allí como una apuesta de calidad de vida exportable a otras ciudades. Refiriéndome a las supermanzanas de Poblenou y Sant Antoni, comenté que, después de un inicio con muchas críticas, habían acabado convirtiéndose en espacios amables que propiciaban la vida comunitaria y que esbozaban lo que podría llegar a ser la ciudad saludable del futuro. Vinculé estas reformas con el proceso en marcha de remodelación de los viejos mercados, en el sentido de que estos también actuaban como espacios de socialización. Y dije que esto era especialmente relevante en una ciudad con un alto porcentaje de población de edad avanzada que vive sola, sobre todo mujeres. En concreto, en el 2020, había 68.000 mujeres de más de 65 años que vivían en hogares unipersonales en Barcelona, frente a 21.000 hombres.

En este sentido, Sara Berbel, doctora en Psicología Social y gerente del Ayuntamiento, lleva tiempo advirtiendo de que la soledad constituye en las sociedades urbanas una auténtica epidemia de la que se derivan riesgos como un empeoramiento prematuro de la salud o un mayor índice de suicidios.

Respondí al conductor del podcast que sí. Que estas personas solas podían encontrar en los mercados y en los nuevos espacios comunitarios un lugar donde entablar relaciones sociales para sentirse acompañadas. Me preguntó entonces si consideraba que la implantación de las supermanzanas o la reforma de los mercados eran un ejemplo de urbanismo feminista. Aquí tuve dudas. En el libro *Feminist city*, la geógrafa y experta en estudios de género Leslie Kern recuerda que las mujeres lideran los principales movimientos sociales de nuestro tiempo, como el Black Lives Matter, el Idle no More, el E15 Mums o el Me Too. Un hecho que, sostiene la autora, obliga a plantearse si el feminismo no tendría que adoptar un papel más activo en cuestiones como la planificación del trabajo, de la sociedad del cuidado o de la seguridad en las ciudades, introduciendo una nueva mirada sobre los espacios urbanos. Respondí al entrevistador que, si las supermanzanas o los nuevos mercados servían para que esas mujeres con dificultad para socializar participaran de la vida comunitaria, podría de alguna manera hablarse de un urbanismo feminista, en efecto. Pero añadí que, si todo se reducía a mejorar la iluminación de las farolas para dar más sensación de seguridad, se corría el riesgo de que el concepto mismo de urbanismo feminista fuera visto como imposición cosmética de los nuevos tiempos. Eso sí, tenía claro que el beneficio principal de las políticas de limitación del tráfico a través de las supermanzanas es la reducción de las muertes por contaminación, un asunto que no solo preocupa al ecologismo, sino que es el motivo por el que la Comisión Europea tiene en el punto de mira a ciudades como Barcelona y Madrid.

En su ensayo *Naturalmente urbano. Supermanzana: la revolución de la nueva ciudad verde* (Destino), el escritor Gabi Martínez argumenta los efectos positivos de los espacios pacificados en esta ciudad que "ya no quiere estar tan guapa, sino que prefiere la salud". Una adecuada implantación de las supermanzanas, apunta, puede limitar los fallecimientos por polución, los daños causados por el ruido y también el efecto *isla de calor*, en una ciudad que ya cuenta 21 noches al año por encima de los 25 grados.

Por contra, cité en el podcast una serie de riesgos de una implantación demasiado ambiciosa del modelo de supermanzana. Algunos son obvios: sin áreas *park and ride*, sin una inversión de choque para modernizar la red de trenes de cercanías y sin una mejora de la red de transporte público en algunas zonas *oscuras* de la ciudad, las políticas de reducción del vehículo privado pueden dificultar desplazamientos para los que no hay alternativa. Sobre todo, en los flujos entre el centro y la periferia metropolitana. Al mismo tiempo, hay que analizar muy bien si la expulsión de los coches de unas calles concretas va a surtir el efecto indeseado de aumentar la presión del tráfico sobre otras vías paralelas, por lo que se deslocalizaría el problema, más que eliminarlo. Y también, cómo no, evaluar el aumento constante de los desplazamientos de reparto, el rompecabezas de la distribución de la última milla para la entrega final de la mercancía adquirida en línea. Ese tipo de recorridos alcanza ya un 38% del tráfico urbano y va a más, lo que supone una tendencia que habrá que encajar, no sin dificultad, en las políticas de la nueva movilidad. Es un problema incipiente que se tendrá que afrontar tarde o temprano.

Hay, en efecto, algunos elementos que pueden jugar a favor de las políticas de reducción del coche, como el incremento del teletrabajo. Si las personas que tienen su empleo en Barcelona, pero residen en municipios metropolitanos telebrabajaran un solo día a la semana, la presión del tráfico sobre el centro se reduciría un 20%, lo que contribuiría a solucionar una parte importante del problema. Lo que no está nada claro es que la tendencia a trabajar desde casa se consolide tanto como se preveía durante el confinamiento. A la vuelta del verano del 2021, se intuía que el regreso a la oficina será mucho más generalizado de lo que se pensaba.

La persistencia de estas incógnitas aconseja que la implantación de las supermanzanas tenga una precisión quirúrgica. Solo así tendrán razón quienes sostienen que esta revolución verde mejora el plan de Cerdà, en lugar de pervertirlo. En el mismo sentido, es sensato pensar que toda nueva zona pacificada debe someterse a un continuo proceso de ensayo-error, para ir corrigiendo los efectos indeseados. Y esto es algo que difícilmente se logrará si se actúa a gran escala. Es decir, si se da tratamiento de supermanzana (ahora en formato lineal, y no de cuadrícula) a buena parte del distrito más poblado de Barcelona.

Sostiene Gabi Martínez un interesante punto de vista: actuando de golpe sobre todo el conjunto, se evitará la gentrificación que podría darse si la mejora de espacios urbanos se hiciera por goteo, como hasta ahora. A su entender, de esta manera se dificultarán los movimientos especulativos.

Es posible que tenga razón. No debe subestimarse el efecto que la supermanzana de Sant Antoni pudo tener, antes de la pandemia, sobre el tejido social del barrio. Una reforma urbanística que sirve para crear un espacio dinámico y atractivo suele atraer el interés de quienes buscan rédito inmediato en el mercado inmobiliario. Pero también parece razonable pensar que una intervención demasiado ambiciosa sobre el tejido urbano, como la del nuevo eje verde, generará una polémica que a la postre será perjudicial para el propio fin que se persigue: hacer Barcelona más habitable. Podría surgir un rechazo en las calles susceptibles de recibir los coches expulsados de las nuevas vías verdes. Y extenderse la sensación de que se ha actuado de manera precipitada y sin la necesaria pedagogía.

Aunque, eso también es cierto, puede haber vecinos que den por bueno el *sacrificio* de su calle si ganan a cambio nuevos espacios saludables en su entorno. O quienes entiendan la ciudad como un todo y valoren cualquier medida que ayude a reducir una contaminación que en la capital catalana se cobraba, antes de la pandemia, unas seiscientas vidas anuales, según estimaciones de la Agència de Salut Pública.

La controversia va para largo. Y esto no juega necesariamente en contra de Barcelona. Una ciudad viva es una ciudad que se entrega con pasión a los debates urbanísticos. Y Barcelona lo hace. Se empezó a comprobar durante la desescalada del 2021, cuando se recrudeció la crítica al llamado *urbanismo táctico*, y el exarquitecto jefe municipal Josep Acebillo asumió un papel protagonista en la enmienda a la totalidad de las políticas de movilidad de Ada Colau. En cualquier caso, lo que parece evidente es que el futuro de las ciudades saludables se dirime hoy en Londres, París, Nueva York, Barcelona o Vitoria, a la vanguardia de las reformas urbanas.

La supermanzana tiene partidarios y detractores, pero es innegable que se trata de un experimento avanzado de movilidad urbana que, como se anotaba al principio, ha suscitado interés en el resto del mundo. Propuesta por vez primera por el visionario Salvador Rueda en 1987, esta fórmula para reducir el impacto del coche y mejorar la vida comunitaria, aunque todavía no se denominara así, estaba en la base de las sucesivas reformas realizadas en el barrio de Gràcia. Y también en la peatonalización pionera de Portal de l'Àngel y de su entorno.

El relanzamiento de esta política tuvo como escenario un sector de Poblenou en el 2016. Cómo acompasar la progresiva desaparición del coche de combustión (un horizonte en el que ya trabajan todos los fabricantes) con la mejora del transporte público es una de las claves de este debate. Con la complejidad que incorporan variables como la creciente militancia de la ciudadanía contra la contaminación, la dificultad de organizar la recarga de los coches eléctricos o el debate sobre el mejorable rediseño de una ciudad que siempre ha querido lucir bien.

En el campo concreto del diseño, la supermanzana de Poblenou es otro experimento susceptible de readaptarse tanto a las nuevas necesidades del barrio como a los estándares estéticos barceloneses. Los acabados parecen más funcionales que bonitos, y la conservación del conjunto es manifiestamente mejorable. Por suerte, no hay nada irreversible. Casi todo puede replantearse. Lo que es evidente es que, siendo Barcelona una referencia mundial en diseño y arquitectura, hay que apuntar mucho más alto cuando se actúa sobre un espacio que, por sus características, va a atraer todas las miradas del mundo. Una intervención como la de las supermanzanas barcelonesas se merece un concurso en el que participen los mejores urbanistas y diseñadores del mundo. La crítica es extensible al urbanismo de urgencia aplicado durante la pandemia. Aun tratándose de medidas provisionales, el estándar barcelonés del buen diseño obligaba a cuidar más las intervenciones en la vía pública y, sobre todo, a disponer una señalización que no fuera tan confusa para peatones, ciclistas y automovilistas. Barcelona necesita un lavado de imagen. A todos los niveles. Empezando por la limpieza de las calles. Es especialmente preocupante la proliferación de ese garabato llamado *tag* que no tiene nada que ver con el arte del grafito, sino que responde al impulso primario de querer marcar territorio. Y sería mucho más fácil vender a locales y foráneos el nuevo formato de supermanzana si su diseño denotara menos provisionalidad.

En cualquier caso, la supermanzana del Poblenou es la evidencia de que a este tipo de espacios arrebatados al coche les sientan bien las esculturas. En este barrio, el arte lo ha puesto un *vecino*: fue el mecenas Antoni Vila Casas quien donó *Els sis guardians*, del artista Xavier Mascaró, guerreros desarmados que transmiten sensación de calma y que custodian el acceso a su museo en la calle Sancho Dávila. Tendría que cundir el ejemplo. Cada supermanzana tendría que contar con una nueva escultura pública. En algunos casos, en función del presupuesto (o recurriendo a patrocinios privados) se podría convocar también un concurso internacional para atraer a grandes artistas. Barcelona es un museo al aire libre y los museos están obligados a renovar sus colecciones. Si no lo hacen, se convierten en gabinetes de curiosidades.

En este juego de espejos que va a ser Glòries a partir de ahora, el Teatre Nacional y l'Auditori podrían inspirarse en la supermanzana del Poblenou y convertir también la calle que los separa en un espacio pacificado. Por supuesto, no está en sus manos impulsar una reforma urbanística de este calado, pero sí que tienen capacidad de presión para que esta se haga realidad. Los dos gigantes culturales y sus equipamientos asociados saldrían ganando. Bastaría con derribar la verja del TNC, eliminar los desniveles y *desacelerar* el tráfico de un tramo de la calle Padilla.

El proyecto existe y se llama plaza de Les Arts. El nombre lo dice todo. Esa supermanzana de las artes podría convertirse en uno de los corazones culturales de la ciudad. Sería toda una invitación a llevar la música y el teatro a la calle, un formato ideal para los nuevos tiempos de incertidumbre sanitaria. Un espacio permanente de expresión cultural.

El impacto positivo de la reforma de Glòries no va a ser inmediato. Estas transformaciones con escala de ciudad requieren siempre de tiempo. Obsérvese si no la tardía evolución del 22@, un proyecto del alcalde Joan Clos que necesitó una década para consolidarse. Al principio sufrió el rechazo de los vecinos y fue acogido con indiferencia por el conjunto de la ciudad. Pero con el tiempo se ha mostrado como un instrumento fundamental para la captación de personas con ideas avanzadas y también de empresas en la vanguardia tecnológica, a partir de la máxima de que el talento llama al talento.

El 22@ es una de las ubicaciones contempladas por Microsoft para instalar su futuro *hub* barcelonés de inteligencia artificial. El gigante informático ha elegido la capital catalana porque considera que la ciudad es un polo de innovación en el que trabajan más de 100.000 profesionales de la tecnología, con más de 800 grupos de investigación y unas 1.500 *start-ups*. Y también por la presencia del Barcelona Supercomputing Center y de una rica comunidad de talento centrada en el desarrollo de la inteligencia artificial.

La pacificación de Glòries va a servir para hacer más permeable este distrito tecnológico. Y eso aportará ventajas. A diferencia de lo que se exponía aquí cuando se abordaba la situación de Ciutat Vella, Poblenou/22@ no es una zona residencial que necesite una inyección de actividad económica, sino un polo económico que necesita a gente que lo habite las veinticuatro horas del día. Se trata de políticas inversas pero que resulta pertinente aplicar de forma simultánea en distintas áreas de la ciudad, en función de sus necesidades. Con esta intención se alcanzó en el 2020 el acuerdo entre el equipo de gobierno y ERC para aumentar el techo residencial del 22@ sin desvirtuar su condición de eje de atracción económica.

Enrico Moretti, economista de la Universidad de California en Berkeley y autor de *The new geography of jobs* (Mariner Books), aporta tres argumentos para que un clúster funcione: hace falta una gran concentración de actividad especializada que genere un mercado laboral dinámico con muchos empresarios buscando a empleados y muchos trabajadores buscando un empleo; la atracción concentrada de servicios de intermediación (abogados, transporte...) focalizados en ese nicho de actividad; y en tercer lugar, lo que los economistas denominan *human capital spillovers*. Se trata de los efectos positivos indirectos del contacto humano en los cafés, en los restaurantes y en las actividades culturales o lúdicas organizadas en los mismos *hubs*. O la relación que se establece en las asociaciones de madres y padres de los colegios. La concentración de un mismo sector económico en un distrito concreto crea una suerte de red social difusa en la que los individuos o las empresas pueden intercambiar desde ofertas de empleo hasta asesoría, así como el mero aprendizaje de la actividad.

Uno de mis primeros almuerzos de trabajo tras el largo confinamiento del 2020 lo tuve en un pequeño restaurante del 22@. A diferencia de otras áreas convertidas de golpe en cementerios de la vieja economía, la sensación en esta zona del Poblenou era de cierta normalidad, con un ir y venir continuo de personas (de perfil joven e informal) por los cafés y las empresas del barrio. Obviamente, se ha registrado una cierta mortandad de negocios que no han podido o no han sabido adaptarse al cambio. Pero otros sí se habían preparado para lo que estuviera por venir y en consecuencia han podido aumentar su actividad. En el área del diseño, se trata de firmas que ya estaban plenamente digitalizadas e internacionalizadas cuando sobrevino la catástrofe. Este es el perfil de las compañías y, por extensión, de los clústeres, *hubs* o distritos que han sobrevivido a esta dura prueba: presentes en el mercado internacional y avanzadas en el uso de las nuevas tecnologías. Algunas hacen también sus aportaciones de ciudad, como Folch/Acid House y Hey Studio, que generan espacios online de debate y de intercambio de experiencias, o el estudio Indissoluble.

Si revisamos las tres condiciones de Moretti para consolidar un clúster, vemos que Barcelona cumple con creces la tercera en tanto que espacio atractivo y dinámico donde instalarse para vivir y trabajar. Pero debe mejorar mucho en las dos primeras y tener en cuenta una advertencia del profesor: los clústeres no perduran si no hay un proceso constante de reinvención y readaptación.

El horizonte metropolitano

La ruta del 2023 se dirige por la calle Fluvià hacia el centro de innovación urbana de Ca l'Alier, un espacio con pasado industrial reconvertido en punto de encuentro de las personas y entidades que trabajan en escenarios de futuro. En el exterior se puede comprobar que el *modelo supermanzana* se extiende como una mancha por la ciudad, prolongando el corredor verde con vegetación exuberante y espacios para el reaprovechamiento de agua fluvial.

El itinerario salta la Gran Via y aterriza en la nueva biblioteca municipal Gabriel García Márquez, en el barrio de la Verneda, que en el 2023 tendría que estar ya a pleno rendimiento. El edificio, concebido por el estudio madrileño

Suma Arquitectura con un diseño cálido y luminoso, con predominio de la madera, debería ayudar a descentralizar la capitalidad literaria. El buen funcionamiento de la red barcelonesa de bibliotecas invita a pensar que será así. En el reparto temático, a este equipamiento de la Verneda le corresponderá, obviamente, la especialización en literatura latinoamericana. Que no sea una biblioteca ubicada en el centro no debería jugar en su contra: tampoco la literatura de Gabo era céntrica, y hoy en día nadie duda de su impacto perdurable en la cultura universal. Tiene una parada de metro a tres minutos y, a un cuarto de hora a pie, el centro de arte contemporáneo Piramidón, otra referencia cultural para un barrio necesitado de estímulos.

A solo unas manzanas de allí están la nueva estación de la Sagrera y su área de influencia. Los periodistas veteranos acumulamos en nuestra trayectoria muchos deslices por haber dado por buenos los plazos para la finalización de grandes obras públicas. Plazos que nunca se cumplieron. Noticias que dejaron de ser veraces. La experiencia desaconseja, por lo tanto, poner fecha a la finalización de este tipo de proyectos. La Sagrera del 2023 es por todo ello una incógnita, pero lo que sí es evidente es el perjuicio que ha sufrido Barcelona al eternizarse un proyecto que es clave para dinamizar una zona central de la ciudad.

En realidad, la estación se va a convertir en la nueva puerta de entrada a Barcelona, un papel que durante demasiado tiempo ha tenido que jugar la obsoleta terminal de Sants. De la misma manera que una de las imágenes icónicas del nuevo Madrid es el jardín tropical de Atocha, surgido de la remodelación de 1992, Barcelona va a tener una flamante carta de presentación cuando se culmine el proyecto del estudio de Fermín Vázquez. Este ha concebido un edificio muy luminoso en el que, a través de distintos niveles, se accederá a los trenes de alta velocidad y a los de cercanías. Una gran pérgola de madera conectará la estación con el nuevo parque.

La Sagrera está llamada a convertirse en una estación clave en el nuevo sistema ferroviario europeo, alentado por políticas medioambientales que van a primar este medio de transporte por delante del avión. Lo que no implica que no se tenga que seguir mejorando la red aeroportuaria. Las ciudades son, de alguna manera, seres vivos que evolucionan a partir de la superación de sus propias contradicciones. Se puede estar a favor de la ampliación del aeropuerto de El Prat y, al mismo tiempo, celebrar las ventajas que para Barcelona tiene que Europa apueste por el tren como una forma de transporte más limpia. También se puede recelar del plan de Aena para El Prat y pese a ello considerar que, en un contexto de grave crisis económica, no se puede rechazar de entrada una inversión de 1.700 millones de euros, que es lo que se proponía desembolsar el Gobierno hasta que decidió retirar el proyecto por falta de consenso.

En cualquier caso, el auge del tren como vehículo de transporte preferente beneficiaría a Barcelona por delante del resto de ciudades españolas y portuguesas, más alejadas de la frontera.

Otro proyecto que parecía eterno pero que ya se ha desbloqueado es el de la urbanización de la antigua fábrica Mercedes-Benz, en Bon Pastor. Junto a la Sagrera, constituye una de las grandes oportunidades de expansión de Barcelona dentro de su propio término. Son nueve hectáreas de terreno, un espacio en el que cabe un barrio entero. El acuerdo del Ayuntamiento con los propietarios contempla la construcción de 1.450 viviendas (aproximadamente un 60% del espacio) y la creación de una zona de servicios alrededor de la futura plaza Mercedes. Se ubicarán empresas tecnológicas, equipamientos públicos aún por definir, la nueva sede de la escuela universitaria de diseño Elisava (a partir del 2023) y, tal vez, la Fundació Leitat, que ahora impulsa la industria 3D junto al Consorci de la Zona Franca. En el mismo entorno se creará un museo sobre las famosas *casas baratas* del barrio, una promoción muy característica que data de 1929 y que estaba integrada por 784 viviendas de una planta.

A destacar de la operación de Bon Pastor que el Ayuntamiento haya sabido negociar una solución que satisface tanto al promotor privado como a la ciudad en su conjunto: se autoriza la construcción de un número importante de viviendas, pero se garantiza el uso ciudadano de buena parte de los terrenos. Retrocediendo un poco en nuestro itinerario, la pregunta es qué hubiera sucedido si el proyecto del Hermitage se hubiera afrontado desde el principio con la misma voluntad de llegar a un acuerdo razonable para todos.

Esta ruta imaginaria por el 2023 se asoma ahora al parque fluvial del Besòs, quizás la primera gran obra metropolitana de la historia reciente. Transcurre a lo largo de nueve kilómetros por el continuo urbano de Barcelona, Santa Coloma, Sant Adrià y Montcada i Reixac sin que el usuario tenga en ningún momento la impresión de que atraviesa municipios. Recorrerlo a pie o en bicicleta sirve para convencerse de que cualquier solución duradera a la problemática de la vivienda ha de tener escala metropolitana. Desde la desembocadura del río, junto a los terrenos de la antigua térmica del Besòs, hasta entrar en el término municipal de Montcada, son visibles los espacios de potencial expansión de la urbe en su entorno inmediato. La falta de una política metropolitana de vivienda condiciona y limita el desarrollo ordenado de Barcelona, entendida como una metrópolis. Se puso en evidencia cuando la entrada en vigor de la obligación de reservar un 30% de las nuevas promociones para vivienda protegida empujó a algunos promotores a buscar suelo en otras ciudades metropolitanas, saltándose así el requisito.

La ruta por la ciudad de la innovación, la cultura y el nuevo urbanismo regresa al litoral y aterriza en el Campus Diagonal-Besòs de la UPC. En el 2023, si se cumplen los plazos, tendría que poder inaugurarse el edificio destinado a pymes y a empresas emergentes. La finalidad de la operación es facilitar la transferencia de conocimiento de la universidad a las empresas.

La siguiente parada tiene simbolismo metropolitano, ya que se hace ante la antigua central térmica de Fecsa-Endesa, la de las tres chimeneas. El mastodonte custodia desde 1976 el litoral barcelonés, estableciendo con su entorno una relación de amor y odio. Sus vecinos quieren las chimeneas en pie: el 82 por ciento de los habitantes de Sant Adrià que votaron en una consulta convocada en el 2008 se inclinaron a favor de buscar una solución de futuro para la zona que contemplara la conservación de los tres gigantes, que alcanzan los 200 metros de altura. Personalmente, siempre he pensado que las dimensiones del conjunto, que incluye la sala de calderas, son intimidatorias. Creo que será difícil darle un uso que neutralice su escala inhumana.

Pero es evidente que la intervención en el entorno de las tres chimeneas tiene que servir para revitalizar una de las zonas más deprimidas del área metropolitana, sobre todo en la salida de la pandemia. El proyecto que está por ahora sobre la mesa es el que presentaron a finales del 2020 los alcaldes de Sant Adrià y Badalona: crear un *hub* internacional para el desarrollo sostenible y la paz en la antigua central térmica.

El campus de la alimentación de Torribera, que impulsa la Universitat de Barcelona en la vecina Santa Coloma, y el campus de Can Ruti, del Institut Germans Trias, completan la ronda por el litoral de las oportunidades. A partir de aquí, puede trazarse una ruta que cierra este recorrido innovador trazando una suerte de arco, siguiendo la sierra de Collserola.

Este recorrido a la inversa arrancaría en el parque de investigación de la UAB en Bellaterra y en el sincrotrón ALBA, una infraestructura de primer nivel que confía en que los fondos europeos le permitan impulsar a su alrededor un nuevo polo científico.

A continuación, se desplazaría hasta la ladera del Tibidabo. Concretamente, al lugar donde durante años han estado las dependencias de la asociación de trabajadores de La Caixa. Allí, la Fundació La Caixa construirá un nuevo instituto de investigación biomédica en el que se desarrollarán las líneas que ha impulsado la entidad durante años: enfermedades infecciosas, cáncer, neurociencias y salud global. Se llamará CaixaResearch Institute y estará ya en obras en el 2023, aunque el conjunto del equipamiento no se acabará hasta el 2026. Trabajarán en él 300 investigadores, en una superficie de 12.000 metros cuadrados. Es un proyecto ambicioso que se conectará con el vecino CosmoCaixa mediante una nueva plaza que se construirá sobre la ronda de Dalt.

El itinerario seguiría hasta el polo que conforman el Barcelona Supercomputing Center (BSC), el campus de la UPC y el conjunto de centros de la UB en el eje de la Diagonal, con el Parc Científic de Barcelona y una facultad de Bellas Artes que debería ser mucho más permeable al talento científico que tiene a su alrededor. Está por ver si las viejas instalaciones de la UB acaban acogiendo algún día el hospital Clínic, que busca espacio para crecer.

El BSC, por su propia definición, es un centro llamado a diseminar los beneficios de la supercomputación en todo su entorno. De ahí la relación fructífera que ha ido estableciendo con la mayoría de las instituciones barcelonesas dedicadas a la investigación, pero también con la comunidad artística. Con su nueva actualización, llamada MareNostrum 5, el BSC va a ampliar su impacto en el conjunto de Europa, ya que alcanzará un rendimiento de 200 petaflops (200.000 billones de operaciones por segundo) y se convertirá por ello en uno de los pocos ordenadores del mundo de pre-exaescala. Cuando esté ya a pleno rendimiento, compartirá estatus con los supercomputadores de Bolonia y Kajaani (Finlandia) en esta apuesta de Europa por no quedar relegada en la carrera global de la supercomputación.

Pendiente aún de presentar una propuesta sólida para optar a la fabricación de microprocesadores, relegada por voluntad propia en el furgón de cola de los rankings de desarrollo de las energías renovables, a Catalunya apenas le quedan opciones para asomarse a la geopolítica de los grandes retos contemporáneos. En el crucial asunto de la gestión de los datos sí tiene opciones de hacerlo. En cierto modo, Barcelona ha sido pionera en la ofensiva para garantizar que los datos constituyan un bien colectivo y sean considerados como una infraestructura pública más, en palabras de la excomisionada digital, Francesca Bria, ahora consejera de alto nivel de la Nueva Bauhaus Europea y propagandista activa de las potencialidades de la ciudad.

Uno de los beneficios de disponer del BSC es que contribuye a posicionar mejor los sectores con los que colabora. Eso, para Barcelona, es una ventaja competitiva. Un ejemplo es el ecosistema catalán de inteligencia artificial, con un gran potencial de crecimiento. En este caso, el supercomputador es un catalizador de primer nivel para el desarrollo de la inteligencia artificial de datos. El Institut d'Investigació en Intel·ligència Artificial (IIIA) es una de las piezas clave de este entramado de talento que debería propiciar un salto de escala y que ha atraído la atención de un gigante como Microsoft. Los obstáculos, como de costumbre, están en los detalles. De entrada, sobra la rigidez de los procesos burocráticos que impiden a la administración competir con la empresa privada en captación de talento. Sobran trámites que dificultan la llegada (y la permanencia) de estas personas capacitadas. Y falta fomentar una nueva cultura para que las empresas investiguen más con fondos propios, sin depender tanto de la subvención.

El 'soft power' barcelonés. 3

El mayor tesoro menos visto. Joan Miró

Fue el periodista Lluís Permanyer quien recabó de Joan Miró un testimonio que es clave para entender la valiosísima donación que el artista iba a hacer a su ciudad. En una cuartilla, Miró escribió con bolígrafo rojo que donaría el mural del aeropuerto para "dar la bienvenida a la gente que llega por el aire"; un monumento de treinta metros en el parque de Cervantes "para la gente que va por carretera" (finalmente se instalaría en el parque de l'Escorxador); un mosaico en el Pla de l'Os, en la Rambla, "para la gente que llega por mar y entra en la ciudad"; y, por último, un centro de estudios de arte contemporáneo Joan Miró, que es su actual fundación.

El mural se instaló en 1971 en la que entonces era la terminal única del aeropuerto de El Prat, la que ahora conocemos por T2. Con 500 metros cuadrados, es la obra plástica de mayores dimensiones que hay en la ciudad. La componen 4.865 losas elaboradas por Josep Llorens i Artigas, afamado ceramista y crítico de arte. Como explicó el mismo Miró, la obra tenía que integrarse en el conjunto del edificio y del paisaje. Por ello decidió tratarla de forma arquitectónica a base del empleo de grandes volúmenes de color, entrelazando el azul, el verde, el rojo, el amarillo y el blanco agrisado.

El tráfico de pasajeros en el aeropuerto creció de manera exponencial y se cumplió así su deseo. Aunque nunca se habilitó un mirador para disfrutar de todo el conjunto, el hecho es que frente a ella desfiló todo el boom turístico internacional. Cumplió así su función de bienvenida.

Con el auge de aquel primer aeropuerto acabó llegando también su relevo como infraestructura principal. La suya fue una muerte de éxito. Tras el despegue del turismo posterior a los Juegos, se comprobó que urgía ampliar la capacidad de El Prat. La inauguración en el 2009 de la nueva terminal, diseñada por Ricard Bofill, relegó al edificio histórico a un papel secundario y, con él, al mosaico de Miró.

Para hacernos una idea, es como si la Rambla se hubiera convertido en un callejón sin salida dejando sin sentido el mosaico de Miró. En este caso, ha sucedido más bien lo contrario: a raíz de los atentados de agosto del 2017, la obra del Pla de l'Os ha incorporado a su vocación de bienvenida la de espacio de homenaje y de expresión de los deseos de paz y concordia.

Cierta tendencia barcelonesa a aceptar las fatalidades sin rechistar puede provocar que el mural del aeropuerto, una de las joyas de la corona del patrimonio artístico de la ciudad, caiga en el olvido. Sin un mirador delante que lo ponga en valor. Abandonado a su suerte en una carretera secundaria. Como si a Barcelona le sobraran las obras de arte icónicas.

Y eso que el propio Miró se encargó de aportar, con gran visión de futuro, una posible solución. En aquel manuscrito entregado a Permanyer, en un margen, podía leerse una breve anotación que ahora cobra mucho sentido: "El mural podrá cambiarse de sitio", escribió el artista. Remataba el cronista que este mural, igual que uno similar concebido en la misma época para Osaka, "está pensado de tal forma que puede ser desmontado con facilidad y colocado en otro lugar, previendo de esta forma la posible eventualidad de que en un futuro las necesidades de crecimiento obligaran al traslado del aeropuerto de Barcelona a otra zona más adecuada".

Es decir, Permanyer ya recogía hace cincuenta años la preocupación del artista ante la posibilidad de que la actual terminal 2 quedara en desuso, sugiriendo que, llegado el caso, podría acompañar al aeropuerto hasta su nueva morada. Por la razón que fuera, la opción de *irse con el Miró a otra parte* no se contempló cuando se diseñó la que ahora es la terminal 1. Y ahora ya es demasiado tarde para ello. Tampoco la futura terminal satélite reúne, al parecer, las características para acoger una obra de este tamaño.

Tal vez sea ya imposible dar con un espacio adecuado y puede que lo más razonable sea dejar el mural donde está. De hecho, está bien preservado, y la terminal 2 verá incrementada su actividad conforme vayan remitiendo los efectos de la pandemia. No estamos hablando de un edificio en desuso. Pero el mero hecho de plantearse la hipótesis del traslado, ni que sea como un ejercicio teórico, permitiría a Barcelona estar más a la altura de la donación que le hizo Miró. El reto podría ser objeto de un proceso participativo abierto a toda la ciudad (en especial a las escuelas), en paralelo a un concurso internacional de ideas entre expertos. Es una lástima que no haya forma de encajarlo ya en el entorno del Escorxador: junto a *Dona i ocell,* la biblioteca y la escuela pública se hubiera configurado un auténtico barrio mironiano. Ubicado en el lado mar, incluso habría servido para invisibilizar el esperpento de la reformada plaza de Las Arenas.

Aunque las propuestas que salieran de ese proceso fueran difíciles de llevar a cabo, el debate serviría para actualizar la conexión barcelonesa con Miró. Hay que recordar que la ciudad ya perdió una oportunidad de reconectar con él cuando se renunció a bautizar el aeropuerto con el nombre del artista. De nuevo imperó la desidia. La propuesta la había lanzado años atrás el propio Permanyer en un artículo. Mientras el aeropuerto de Roma se aliaba con Leonardo Da Vinci, el de Nueva Orleans con Louis Armstrong, el de Liverpool con John Lennon, el de Lyon con Saint-Exupéry y el de Granada-Jaén con Federico García Lorca, Barcelona mantenía el modelo toponímico, dando la espalda a su artista más universal. Al final, el Gobierno español, en pleno conflicto político, creyendo que así hacía un gesto, lo renombró como aeropuerto Josep Tarradellas Barcelona-El Prat. Con todo el respeto por el president que encarnó la reinstauración del autogobierno, la acogida popular que ha merecido la nueva denominación es por todos conocida.

Pero hay algo muy relevante que la ciudad sí puede hacer en el futuro próximo en beneficio del legado de Miró.

Una noche mágica en el Liceu

La primera vez que Joan Miró vio a Pablo Picasso fue en 1917 en el Liceu. El artista barcelonés lo contó en 1973 en

La Vanguardia, a propósito de la muerte del malagueño. El introvertido Miró asistía en el gallinero del teatro al estreno del ballet *Parade*, de Satie y Cocteau, con decorado y vestuario confeccionados por Picasso. Desde allí, Miró observó impresionado al autor de *Las señoritas de Avinyó*, quien había acudido a la función con su esposa de entonces, la bailarina Olga Jojlova. "Yo era entonces muy joven y no me atreví a saludarle y felicitarle". No fue hasta 1919, en París, cuando comenzó a construirse la amistad entre ambos.

Más de un siglo y un incendio después, el teatro está en el mismo lugar, programando ópera contra viento y marea. De hecho, ha superado con nota la pandemia. Algunas propuestas imaginativas ideadas por sus equipos directivos sirvieron para promocionar la ciudad en la época más dura de la crisis.

Mientras tanto, Barcelona, transcurrido ese siglo, sigue beneficiándose del extraordinario legado que tanto Picasso como Miró dejaron en ella. Esas obras van a ser la base de la gran exposición conjunta que el Museu Picasso y la Fundació Miró preparan para conmemorar, en el 2023, los cincuenta años de la muerte del malagueño y los cuarenta de la del barcelonés. El año siguiente, la muestra podrá verse en el Museo Picasso de París. A estos aniversarios hay que añadir, como decíamos, el centenario del nacimiento de

Antoni Tàpies, otro artista cuya obra ha contribuido a que Barcelona sea un referente artístico.

Pocas oportunidades como esta tendrá la capital catalana para promocionarse como una ciudad cultural. Es tan cierto que las exposiciones deben plantearse, de entrada, para el deleite y la formación del público local, como que algunas tienen un potencial de promoción que no debería desaprovecharse. Y menos aún en el contexto catastrófico de hoy. La solvencia de los dos museos barceloneses está fuera de discusión. Si disponen de los medios necesarios, la exposición, además de hacer aflorar conexiones poco conocidas entre los dos genios, lo tiene todo para convertirse en un éxito de público. Sobre esto no hay duda. La duda es si este acontecimiento acabará contagiando al conjunto de la ciudad, generando iniciativas paralelas que lo complementen.

Tampoco hay que subestimar el efecto que las campañas de promoción tienen en la autoestima de la ciudad. Este es un factor no cuantificable y a menudo despreciado pero cuyo rastro puede encontrarse en las historias de éxito de Barcelona. Una campaña que subraye los valores que corresponde subrayar en cada momento refuerza la identificación del ciudadano o ciudadana con su entorno y ayuda a elaborar proyectos comunes.

En este horizonte del 2023, uno de los retos debería ser indagar el rastro y el efecto de Picasso y de Miró en la literatura, la música o la vida social de Barcelona, para conseguir que la ciudad viva aquel año como un acontecimiento cultural de primera magnitud.

De entrada, si seguimos la pista biográfica de los dos artistas, la Rambla y su entorno deberían tener un papel principal, y no solo porque el Liceu fuera escenario de su primera tentativa de encuentro. La realidad es que ambos genios eran lo que hoy conocemos como *ramblistas*. La estancia barcelonesa de Picasso transcurrió siempre cerca del paseo. En su entorno estaban la escuela en la que se formó, su primer taller y el paisaje humano de uno de sus cuadros más celebrados: *Las señoritas de Avinyó*. Por su parte, Miró nació en el muy cercano pasaje del Crèdit, y su mosaico se ha convertido, como ya se ha mencionado, en un icono de la cultura de Rambla.

A veces –Barcelona lo sabe bien–, las ciudades necesitan fijarse metas para avanzar. Este horizonte del 2023 puede servir de pretexto para activar las reformas pendientes. Y no hay reforma más barcelonesa y cultural que la de la Rambla, incomprensiblemente relegada, como ya se ha mencionado.

En el 2023 hay otras fechas significadas: se celebrará el centenario del nacimiento de la soprano Victòria dels Àngels y habrán transcurrido cien años desde la histórica visita de Albert Einstein. Fue una estancia de siete días, del 22 al 28 de febrero de 1923, en la que pronunció cuatro conferencias. La última la dio en la Reial Acadèmia de Ciències y Arts, una institución ramblera que lo ha pasado mal durante la pandemia (se secaron sus fuentes de financiación) pero que ha resurgido con nuevos proyectos y merece tener más protagonismo en la vida social y cultural de la ciudad.

Explorando la intersección entre el deporte y la cultura, podría incluirse en esta celebración el recordatorio de los cincuenta años del aterrizaje de Johan Cruyff en el Fútbol Club Barcelona, un hecho que cambió para siempre la historia de la institución. *El holandés volador* no necesita quien lo defienda. Sigue muy presente en el juego del Barça y de tantos equipos del planeta. El *cruyffismo* se ha convertido en una manera de entender el fútbol. El club ha puesto su nombre a su segundo estadio. Su familia es una activa defensora de su legado. Pero el aniversario debe propiciar una conmemoración que trascienda el mundo del deporte. Cruyff contribuyó a iluminar la Barcelona gris del tardofranquismo y ayudó a mejorar, de alguna manera, la autoestima de la ciudad. El impacto sociológico del personaje merece nuevas reflexiones. La celebración de su legado debería ser un motivo más para no perderse la Barcelona del 2023. Seguro que el Museu del Barça ya trabaja con ese horizonte.

Ese año, si se cumplen las previsiones, estarán acabadas las obras de restauración de los patios y las fachadas del Museu Picasso, que cumplirá también su sesenta aniversario. El Picasso estrenará el 2023 con una exposición sobre el galerista Daniel-Henry Kahnweiler, y no será hasta octubre cuando se inaugure la Joan Miró-Pablo Picasso. Algunos de los temas a desarrollar serán el Mediterráneo y Barcelona, la prehistoria, el arte monumental y también la relación de Picasso y Miró con el Liceu, lo que podría dar pie a la colaboración del Gran Teatre en algún proyecto compartido. En marzo del 2024, la exposición que habrán impulsado Emmanuel Guigon y Marko Daniel al frente de sus respectivos museos viajará al Picasso de París.

El titular del área municipal de cultura desde septiembre del 2021, Jordi Martí, apuntó en su primera entrevista, concedida a *La Vanguardia*, que sería asimismo estimulante poder contar en el 2023 con una exposición paralela en la que se mostrara el trabajo de contemporáneos de Picasso y Miró. También sería deseable propiciar aquel año un relanzamiento de las galerías y, sobre todo, de su interrelación con el conjunto de la ciudad. El consultor cultural Llucià Homs, que codirige con Fèlix Riera la plataforma cultural

Hänsel i Gretel**, abogaba en un artículo por recuperar el espíritu lúdico de las inauguraciones de exposiciones. Invitaba a rescatar la fiesta asociada al arte, en otras palabras.

El aniversario de Picasso debería aprovecharse para intensificar la conexión con Málaga, ciudad natal y sede de un gran museo dedicado al artista, pero también con Madrid, donde hay obra mayor del pintor, como el mismo *Gernika*. Y respecto al de Miró, sería prioritario –ya lo prevé el Ayuntamiento– colaborar con la Fundació Miró de Palma. En este contexto, sería interesante también afrontar la conmemoración con vocación ibérica, e incorporar a la *fiesta* a Oporto y su Fundação de Serralves, depositaria de una importantísima colección de Joan Miró. No habrá mejor ocasión de prolongar la buena sintonía que siempre ha existido entre la capital catalana y las ciudades portuguesas. Como siempre, Barcelona habrá de emplearse a fondo si quiere ejercer ese liderazgo.

Pero hay decisiones que deben tomarse para preservar el legado de estos grandes artistas que van más allá de la cita del 2023. En lo que respecta a Picasso, la ciudad tendría que estar pensando ya en el museo de las próximas décadas. Se apuntaba en el libro *Alerta Barcelona*, publicado en el 2018, que la calle Montcada debería de convertirse en la calle Picasso (sin necesidad de cambiarle el nombre). Se sugería para ello que se incorporaran al museo los espacios expositivos de la sede de Montcada del Museu Etnològic i de Cultures del Món, situada justo enfrente. El tiempo transcurrido no ha hecho más que confirmar que este equipamiento, al margen del acierto en algunas exposiciones, no ha acabado de hacerse un hueco en el ecosistema cultural barcelonés. La musealización de los antiguos palacios Nadal y Marquès de Llió estrenada en el 2015 es extraordinaria y se merecería un mejor aprovechamiento. El Etnològic puede crecer en otras zonas de la ciudad, pero tiene todo el sentido que el Picasso lo haga junto a su entorno actual. Lamentablemente, los otros palacios disponibles de la calle Montcada tienen un coste inasumible por las instituciones. Pero el que acoge esta sede del Etnològic ya está en la órbita municipal. Solo habría que readaptarlo. Tal vez en una primera fase bastaría con coordinar actividades con el Picasso. De hecho, en la primavera del 2021 ambos equipamientos fueron de la mano en la organización de la exposición *Picasso i les joies d'artista*. El Etnològic i de Cultures del Món aportó una exposición de piezas africanas y afganas. Este podría ser el camino que seguir para potenciar aún más el binomio Picasso-Barcelona.

El caso de las fundaciones de Miró y Tàpies es más peliagudo. El Ayuntamiento y la Generalitat tendrán que acabar asumiendo algún día un mayor compromiso para preservar el legado de los dos artistas. La Fundació Miró ha sufrido como pocas instituciones culturales los efectos de la pandemia. Siendo como es una fundación privada sin ánimo de lucro, se financia sobre todo a través de la venta de entradas y del gasto que hace el público durante su visita al museo, además de las aportaciones de las instituciones. Carece del respaldo público que tienen otros equipamientos de la ciudad. Su ubicación también juega en contra: igual que el MNAC, la Miró es víctima del abandono a su suerte de la montaña de Montjuïc: aislamiento, mala iluminación, insuficiente señalización e inseguridad forman parte de su día a día.

Hay remedios parciales a esta situación que deberían estar ya en marcha. Por ejemplo, la persona que se baja de un autobús o sale del metro en la plaza de Espanya tendría que ser consciente de que está en el acceso principal a una montaña de cultura y deporte, gracias a una generosa señalización y, quizás, a la presencia junto a las torres venecianas de un puesto de venta de entradas conjuntas para todos los equipamientos. Algo parecido a lo que se encuentra el visitante de la Isla de Museos de Berlín. De allí mismo tendría que partir una lanzadera específica de los museos, que ayudara a hacer menos disuasoria la vista. Y, como se ha apuntado antes, sería fundamental que parte de los grandes pabellones feriales que se encuentran por encima de la Font Màgica se incorporara a la oferta cultural permanente. De hecho, en el 2023 se cumplen los cien años de la construcción de los palacios de Alfons XIII y Victòria Eugènia, diseñados por Puig i Cadafalch.

Pero, más allá de mejoras puntuales, hay que empezar a preparar el terreno ante la posibilidad de que la ciudad tenga que asumir un mayor papel en la financiación de la fundación. Con ello, Barcelona estaría correspondiendo a la generosidad que tuvo Miró al dejar tan extraordinario legado. De hecho, la institución señaló a finales del verano que estaba negociando que las administraciones asumieran el costo de la conservación del edificio y de la colección, valorados en 3,2 millones de euros al año.

También habría que plantearse cómo pueden colaborar Barcelona y Catalunya para garantizar un futuro esplendoroso al legado de Tàpies. Su fundación pasa igualmente por serias dificultades, agravadas por la pandemia. En este caso, además, se plantea una problemática que no se da con Miró o con Picasso: el artista está perdiendo relevancia en la escena internacional. Ya no es tan fácil encontrar obra suya expuesta en los grandes museos. Más que nunca, necesita que su propia ciudad lo reivindique. Una solución audaz, que ya se ha planteado en algunos despachos de la ciudad, sería integrar la fundación bajo el paraguas del Macba. El discurso de ambos museos es perfectamente compatible. La obra de Tàpies *Rinzen* (la cama que se derrumba tras un brusco despertar) es una de las piezas icónicas del museo de arte contemporáneo barcelonés. Todas las partes saldrían ganando.

En definitiva, una Barcelona con peso político relativo y en declive económico no puede renunciar al *soft power* de la cultura si quiere resituarse en el mundo cambiante de las ciudades globales. Siguiendo en el ámbito del arte, la capital catalana tiene otra gran oportunidad de relanzamiento en el 2024, cuando acogerá, en el ámbito metropolitano, la feria nómada Manifesta.

La cultura como agente dinamizador

Saber armonizar las iniciativas públicas y privadas para llevar a buen puerto proyectos ambiciosos ha sido siempre una ventaja competitiva de Barcelona. Esta colaboración fue esencial en la renovación de la ciudad de finales de siglo pasado. En aquel momento, fue ejemplar la fórmula elegida para que la ciudad tuviera el museo de arte contemporáneo que se merecía. Una fundación privada integrada por particulares y empresas asumió la labor de dotar de obra a la colección del nuevo Macba, que se construyó en pleno Raval con dinero público.

A finales del 2023 o principios del 2024, si se cumplen los plazos, el Macba hará también una significativa aportación a la reactivación barcelonesa previa inversión de 9,5 millones de euros por parte de la Administración y de 1,5 de la fundación. Entonces tendrían que estar acabadas las obras de ampliación del museo en el lado mar de la plaza de los Àngels. El proyecto, adjudicado al estudio HArquitectes + Christ & Gantenbein, permitirá al museo ganar 3.000 metros cuadrados para exponer su colección permanente y renovará el aspecto de la plaza. Una columnata rematada por una terraza de esculturas facilitará el diálogo entre el nuevo equipamiento y los edificios preexistentes.

Lo que resultará de esta obra es la sensación de que toda la plaza es Macba o, dicho de otro modo, que el Macba *se apropia* de una plaza con un gran valor simbólico. No es exactamente lo mismo. Lo segundo sugiere que el museo debe implicarse más en dinamizar el entorno donde ha crecido a lo largo de estas tres décadas. Siendo un museo de prestigio internacional y habiendo programado una lista de excelentes exposiciones, debe tener más implicación en la ciudad que lo acoge. Y esto se refiere también a la actividad que programa. Sin bajar el listón de la calidad de sus propuestas, tendría que ser capaz de combinar exposiciones críticas como las que ya ofrece con muestras para un público más amplio. El hecho de poder exponer de forma permanente una colección propia en la que figuran grandes nombres del arte contemporáneo puede ayudar también a posicionar el museo como un atractivo reconocible y *promocionable* de ciudad, más allá de seguir cumpliendo con su vocación de centro de agitación cultural y de difusión de pensamiento crítico. Su patrimonio se ha enriquecido con la donación por parte del empresario Rafael Tous de su valiosa colección de arte conceptual, integrada por mil piezas.

La ampliación del Macba es una oportunidad para *ravalizar* más el museo. La pandemia ha tenido un efecto devastador en esta parte de Ciutat Vella, echando por tierra buena parte del trabajo de reequilibrio social realizado durante décadas. En este contexto, es más necesario que nunca que instituciones como el Macba actúen como dinamizadoras sociales.

El museo no está solo en esto. Entre otros agentes culturales, le acompaña un CCCB que se ha ido perfilando como una institución clave en el diálogo entre la cultura y la ciencia. Tras una primera etapa en que predominaron las exposiciones sobre la construcción urbana (el Dublín de Joyce, las Lisboas de Pessoa...), el centro está programando ahora muestras en colaboración estrecha con las instituciones científicas de la ciudad. Además, sus ciclos de conferencias siguen atrayendo al Raval a públicos de toda Barcelona, con mayoría de asistentes jóvenes.

Otro elemento clave para estimular Ciutat Vella es el teatro, en este caso el privado. El Romea, el decano de los escenarios en activo, juega por su ascendencia y por su ubicación un papel principal. La empresa que lo gestiona, Focus, anunció al inicio de la temporada 2021/2022 un programa con 20 producciones propias y ocho coproducciones, un récord en sus 35 años de historia.

Pero los cierres del Muntaner y el Capitol son, en este ámbito, una muy mala noticia. En Barcelona faltan espacios de tamaño medio que faciliten el tránsito desde las pequeñas salas, en plena ebullición, hasta los grandes teatros. Falta, igual que sucede con otros sectores, una actitud más permeable de la Administración hacia el teatro privado.

Algo se avanzó durante la fase más crítica de la pandemia. Tanto el Ayuntamiento como la Generalitat estuvieron atentos a las necesidades del sector teatral, uno de los más perjudicados en el entorno cultural, ya que difícilmente podía programar una oferta alternativa online. Mal que bien, las salas sobrevivieron gracias a la agilidad de los gestores, la ayuda pública y la entusiasta respuesta del público. La presión ejercida desde el sector y la predisposición de las administraciones al diálogo permitieron mantener la actividad teatral –y parte de la musical– cuando en otras ciudades del mundo seguían los telones bajados. La difusión de la idea de que la cultura es segura fue un éxito compartido. Pero tal vez haya llegado la hora de ensayar nuevas formas de colaboración. De la misma forma que los procesos participativos han democratizado más el urbanismo, las políticas culturales podrían ser más sensibles a la opinión de los agentes privados. ¿Por qué no impulsar un proceso participativo para relanzar la Barcelona teatral, tal como sugiere la directora general de Focus y presidenta de la patronal privada de teatros, Isabel Vidal?

En el mundo teatral se valoró el papel dinamizador jugado por el Festival Grec, especialmente en una edición del 2020 *casi normal* que sirvió como estímulo para todo el ecosistema cultural barcelonés. Que Barcelona mantuviera contra viento y marea su gran festival público, que desde 1976 aúna el teatro y la música en el inicio del verano, fue sin duda un mensaje para todo el sector. En el 2021, el festival contribuyó decisivamente a que julio pudiera considerarse como el mes de la reactivación. Una reactivación muy necesaria: hay que tener en cuenta que la facturación de los teatros barceloneses en la última temporada sin pandemia fue de 64 millones de euros y, en la 2020/2021, de 38 millones.

Cabría preguntarse si no ha llegado la hora de volver a intentar la ampliación de las fechas del Grec hasta abarcar todo el verano. Se intentó en una ocasión, pero sin el esfuerzo presupuestario necesario. Es cierto que Barcelona no podrá competir nunca en oferta de espectáculos con Londres, París o Nueva York. Su división es otra. Pero ese salto de escala que tiene que hacer la capital catalana para consolidarse como ciudad de cultura encaja mal con el cierre casi total de agosto. En la misma línea, sería una gran apuesta de futuro que el Ayuntamiento reforzara las estructuras del Grec para que este evento fuera no solo un acontecimiento anual para los barceloneses, sino también uno de los festivales de referencia en Europa, junto al gerundense Temporada Alta (el festival más prestigioso de España). Quizás incluso dando pie a que aliente su propio off, para que se extienda su impacto por la ciudad.

Se ha hablado antes, a propósito del Sónar, de la necesidad de que las administraciones reconozcan más la aportación que hacen los festivales a partir de la diversidad de sus propuestas musicales. Desde ofertas para un público amplio como las de Pedralbes hasta planteamientos más especializados, como el del Festival Internacional de Jazz. No sobra nada.

En el ámbito concreto del jazz, la ciudad ha de ser consciente de que, por tradición y por la obstinación de una serie de devotos, ocupa un lugar privilegiado en la escena mundial. En plena pandemia, un club mítico, como es el Village Vanguard de Nueva York, acudió al festival barcelonés en solicitud de ayuda: quería que colgaran en su página web los conciertos en línea que se grababan en el local, para que el mundo supiera que seguían abiertos. Hay otros ejemplos. El pianista Brad Mehldau, una de las estrellas del momento, se negó a cancelar su actuación prevista en el festival del 2020. Quería actuar en Barcelona como fuera. Al final, lo hizo en junio del 2021. Por todo ello y mucho más, tal vez ha llegado la hora de tomarse en serio el día internacional del jazz (el 30 de abril), que se conmemora en otras ciudades pero que apenas tiene eco en Barcelona.

La escena local de jazz necesita también que sobrevivan los clubs que ofrecen música en vivo, muy afectados por las restricciones sanitarias. Basta con visionar el documental *The Jump! WTF Experience,* de Carme Puche, sobre las famosas jam sessions del Jamboree de la plaza Reial, para percatarse de cómo un local puede convertirse en generador de talento. El Jamboree/Tarantos es una pieza clave para mantener las constantes vitales de la ciudad. También lo son el Sidecar, el Harlem, la sala Apolo, el Barts, el Tablao Cordobés, el Tablao de Carmen, el Patio Andaluz, el Heliogàbal, el JazzSí, el Big Bang Bar o el Razzmatazz del Poblenou, que por sus dimensiones y condiciones es una sala imprescindible en la escena musical barcelonesa. Junto con otros escenarios de menor tamaño.

En los meses de confinamiento duro, uno de los pocos mensajes positivos que emitió Barcelona al mundo fueron las canciones grabadas en una terraza de l'Eixample por un grupo de tres jóvenes llamado Stay Homas. En contra de lo que algunos pensaron, aquello no fue un fenómeno viral aislado, sino la visualización de la punta del iceberg de un movimiento musical mestizo y desacomplejado que permite a la capital catalana disfrutar de una escena brillante y conectada. A partir de sus vídeos y de sus estrellas invitadas puede dibujarse una galaxia aproximada de esa escena. El colectivo La Sra. Tomasa es un buen referente en este campo.

Pero todos estos jóvenes necesitan locales y, también, cierta tolerancia por parte de una ciudad donde el derecho de los vecinos al descanso ha prevalecido siempre por encima del derecho a la práctica y el disfrute de la música en vivo. Acaso sería oportuno plantearse incorporar la figura de la alcaldesa o alcalde de noche, al estilo de otras ciudades. Debería ser una persona carismática y designada por consenso entre la Administración, la escena musical local y los representantes de los vecinos. Alguien con capacidad y autoridad para mediar entre las partes. Alguien que entienda que el silencio que necesita Barcelona en esta fase de reactivación no es el silencio de los cementerios. Un grupo de particulares promueve una Comissió Nocturna que ya se está ocupando del asunto.

La ciudad en su conjunto debe ser consciente de la situación de extrema precariedad en la que han quedado los vecinos y vecinas que intentan ganarse la vida en el sector cultural, la misma gente que les distraía durante el confinamiento. La situación es tan crítica que por primera vez se ha creado un banco de alimentos específico para las personas del teatro, la danza, la música o la literatura que no ganan para comer, Actúa Ayuda Alimenta.

La música como promoción de ciudad

Desde el principio venimos dando vueltas al concepto de cultura. Desde antídoto para evitar que la sociedad sea una jungla (en la definición imbatible de Camus) hasta ventaja competitiva para una ciudad que quiera mejorar su relación con el turismo al tiempo que elevar su autoestima, aun admitiendo que esta segunda es una acepción muy utilitaria. Por suerte, una finalidad no niega la otra. La cultura siempre suma y en las actuales circunstancias está llamada a ser un motor de recuperación. Si hablamos de recuperar la autoestima colectiva, la cultura es un ingrediente básico. "Una fábrica de ilusiones", en definición del escritor y activista Pepe Ribas. No hay ningún argumento que justifique que no se la convierta en prioridad de las políticas presupuestarias. Lo ha entendido siempre así el Ayuntamiento de Barcelona (6% de inversión presupuestaria), pero no la Generalitat o el ministerio, que le destinan partidas ridículas, de un 0,7 y de un 0,3%, respectivamente.

La música es una baza que Barcelona debe jugar más a fondo. Los grandes festivales indie ya contribuyen de hecho a difundir en el mundo la marca de ciudad. Pasado lo peor de la pandemia, el Sónar y el Primavera Sound han reanudado su expansión internacional, anunciando grandes eventos en Lisboa o en Los Ángeles, respectivamente. El Cruïlla sigue indagando en nuevas fórmulas para relacionarse con su audiencia. Y el sector de la música clásica ha salido muy reforzado de la pandemia. En momentos en que la actividad cultural de la ciudad presentaba un encefalograma casi plano, hubo semanas en que el Liceu, el Palau de la Música y l'Auditori ofrecían una cartelera de espectáculos más propia de tiempos prepandémicos. El Teatro Real de Madrid acaparó con justicia muchos titulares durante los peores meses de la crisis, pero sería injusto obviar que Barcelona fue una de las escasas capitales mundiales que en ese periodo siguió programando con sobresaliente normalidad conciertos de clásica. Con la complicidad de los principales festivales catalanes del género, ya que Peralada, la Schubertíada y Torroella se las ingeniaron también para mantener el telón alzado.

El potencial de la música en la promoción de la ciudad ya fue abordado por Barcelona Global en el 2019 en un congreso en el que la asociación se atrevió a proponer que parte de la tasa turística se dedicara a sostener esa capitalidad musical. Se explicó allí la historia de éxito de Austin, en Texas, la autoproclamada *Live Music Capital of the World.* La iniciativa fue mal acogida en aquel momento por el Gremi d'Hotels, pero es probable que tenga cada vez más sentido. La misma Barcelona Global impulsó el programa Obertura, inspirado esta vez en Berlín, que arrancó con invitaciones a periodistas internacionales a los teatros y auditorios de música clásica de la ciudad.

La promoción a través de la música tendría que incorporar en los próximos años un nuevo frente, el educativo. En la propia Barcelona mucha gente desconoce el privilegio que supone contar con cuatro centros que ofertan estudios superiores musicales: la ESMUC, el Taller de Músics, el Conservatori del Liceu y Jam Session. Además, el sistema no empieza ni acaba con ellos. En Barcelona y en el conjunto de Catalunya hay una tupida red de conservatorios intermedios, de escuelas públicas y privadas de música, de orfeones, de centros cívicos, de ateneos... Hasta se podría incluir el resucitado panorama de los tablaos de flamenco en esta oferta educativa: conocedores de este mundo cuentan que el nivel de exigencia de las bailaoras acaba formando –más les vale– a grandes guitarristas.

La excelencia de Barcelona en lo que a estudios musicales se refiere viene de lejos. En clásica, de lejísimos, ya que el Conservatori del Liceu se fundó en 1837. Más reciente es la enseñanza de las músicas modernas. Fue Víctor Jou quien introdujo su estudio a finales de los años setenta en el piso de arriba de su mítica sala Zeleste, en la calle Argenteria.

Un ejemplo de éxito que podría utilizarse en esta promoción sería el de Rosalía. No solo porque se trate de una estrella internacional del pop, sino porque la cantante catalana se formó en escuelas locales que son el botón de muestra de un sistema educativo del que cualquier ciudad presumiría sin rubor. Tras empezar sus estudios en el Taller de Músics, pasó a la Escola Superior de Música de Catalunya, donde firmó como trabajo final de carrera su disco *El mal querer*. Rosalía es otra prueba del éxito de la combinación barcelonesa entre lo privado (el Taller) y lo público (la ESMUC). Eso sí, el talento tiene que venir de casa.

La ciudad donde estudió Rosalía; la ciudad donde se formaron (en el Conservatori del Liceu) Montserrat Caballé y Victòria dels Àngels; la ciudad donde una escuela municipal se convierte en una cantera capaz de suministrar artistas a los principales festivales y clubes de jazz (la de Sant Andreu); la ciudad que acoge la primera escuela superior de rock y nuevas músicas urbanas de España (Jam Session), la primera ciudad española donde se impartieron clases de musicología...

Pero no se trata tanto de ir en busca de un eslogan como de aprovechar la ocasión para hacer que se visualice esa ventaja competitiva. A Barcelona se le escapó la prestigiosa Berklee College of Music, con sede en Boston, que en el 2008 eligió Valencia para iniciar su expansión internacional. Pero la oferta barcelonesa de estudios musicales es muy competitiva y se beneficia del atractivo del conjunto de la ciudad como destino para jóvenes en busca de formación especializada.

Además, quién sabe, en un mundo que tiende a las grandes aglomeraciones urbanas, igual llega un día en el que no será tan descabellado pensar que Barcelona y Valencia puedan complementarse y promocionar juntas su fortaleza en estudios musicales.

Ciudad de la literatura

Una visita a la Libreria Antiquaria Umberto Saba basta para adentrarse en el mapa literario de Trieste. El librero, Mario Cerne, es hijo de Carletto Cerne, quien fuera colaborador de Umberto Saba y su relevo al frente de la tienda a la muerte del poeta triestino, en 1957. De conversación presta y amable, Cerne sirve al visitante las coordenadas de esta ciudad de los libros: cuna de los genios locales Umberto Saba, Claudio Magris e Italo Svevo, lugar de paso de Rilke o Stendhal y residencia durante diez años de James Joyce.

Como sostiene la periodista Jan Morris en su libro *Trieste o el sentido de ninguna parte*, esta ciudad adriática es de todos y no es de nadie, varada a lo largo de su convulsa historia en un cruce de caminos que la hacen a la vez italiana, germana, eslava y de quien se digne a atracar en su puerto.

La literatura está presente en el ambiente. Calles dedicadas a los grandes escritores, los museos Joyce, Sveviano y Petrarchesco Piccolomineo, cafés literarios... Incluso hay un hotel, el Victoria Letterario (Joyce estuvo allí dos años, en el tercer piso) donde se hace un descuento de un 13% al autor que aporte uno de sus libros a la biblioteca del establecimiento.

Pero la ciudad no se contenta con esto. Trieste trabaja ya en un proyecto para convertir la Biblioteca Civica Attilio Hortis en un *hub* de la lectura y en un museo de la literatura. El nuevo equipamiento acogerá los ya existentes museos de Joyce y Svevo, incorporará una galería para Saba y habilitará espacios para otros poetas y escritores que han visitado la ciudad, así como salas para exposiciones permanentes.

Trieste comparte con Barcelona, en cierto modo, esa condición de lugar que ha atraído siempre a gente diversa. Las dos son ciudades mestizas y multilingües, de compleja relación con los sentimientos nacionales de pertenencia. La orografía también las hermana: ambas urbes están comprimidas entre el mar y una sierra que condiciona su crecimiento.

Del mismo modo, puede decirse que ambas son ciudades literarias. Frente a las grandes firmas de la literatura universal que exhibe Trieste, la capital catalana puede presumir de tener una vinculación milenaria con los libros. Lo subraya Sergio Vila-Sanjuán en su reciente ensayo *Barcelona, la ciudad de los libros* (Libros de Vanguardia): "Desde el siglo XI existe constancia de la circulación de copias de obras religiosas y jurídicas. Los condes de Barcelona, también reyes de Aragón a partir del siglo XII, favorecieron la literatura convocando las competiciones poéticas bautizadas como Juegos Florales...".

Un hito más reciente es haber albergado a los autores del boom latinoamericano, como Gabriel García Márquez, Mario Vargas Llosa, José Donoso, Sergio Pitol o Jorge Edwards, cuando estaban en su plenitud creativa. Un boom prolongado por Roberto Bolaño, quien aterrizó a finales de los setenta en la ciudad y escribió en Catalunya sus novelas principales. Y por una generación de jóvenes autores latinoamericanos –inventariada periódicamente por el periodista Xavi Ayén– que han seguido los pasos de sus ilustres antecesores y han convertido Barcelona en su ciudad de residencia. A las plumas locales en catalán o castellano de proyección universal habría que añadir a los nacidos en otros lugares que plasmaron en sus libros su vivencia barcelonesa, como el propio Stendhal, Georges Sand, Orwell, Calvino, Apollinaire o Cervantes, que convirtió la capital catalana en el destino final de su héroe.

Y, sin embargo, aunque cueste creerlo, Barcelona no acaba de creerse este legado. Los archivos de las editoriales y agencias literarias se desplazan para siempre a Madrid sin que se monte un drama por ello y sin que la Biblioteca de

Catalunya presente batalla para retenerlos. Universidades americanas pujan con éxito por documentos sobre el boom que, de haber merecido la atención de algún organismo local, podrían haber enriquecido el patrimonio literario barcelonés. Más: la gran biblioteca central se estrenará con décadas de retraso. La capitalidad literaria de la Unesco, concedida en el 2015, no acaba de desplegarse. No existe en la ciudad ningún museo dedicado a las autoras y autores que la han convertido en una capital literaria, más allá de la casa-museo de Verdaguer, en Collserola. La novelista catalana más universal, Mercè Rodoreda, traducida a treinta idiomas, apenas tiene presencia. La autora de *La plaça del Diamant* se merece algo más que la estupenda biblioteca del Guinardó y la escultura ya algo desfasada que languidece en un rincón de la famosa plaza de Gràcia. Pero ya se sabe que la capital catalana suele actuar, sobre todo, a la defensiva: se lamenta de la desgracia cuando alguien le arrebata algo que cree que es suyo.

En el lado positivo de la balanza, Barcelona se mantiene como gran potencia editorial con sellos de todos los tamaños (de Planeta y Penguin Random House a exquisitas editoriales casi unipersonales); sigue acogiendo a autores de todas las procedencias y encadena vibrantes festivales literarios, con Sant Jordi como referencia. De hecho, se ha acabado configurando un primer semestre que es una gran feria literaria en sí misma. Empieza con BCNegra y se extiende hasta Llibrestiu, que se celebra a mediados de julio. Kosmópolis, el Festival de Poesía, Lateral, Mot, las convocatorias de slam poetry... Por supuesto, este *festival difuso* tiene continuidad en la segunda mitad del año con la Setmana del Llibre, que ha encontrado la fórmula para seguir creciendo; con el Forum Edita, que atrae a editores de todo el mundo; con festivales como el de Literatura Latinoamericana de la librería Lata Peinada o el nuevo 42, de géneros fantásticos; con la feria Liber, que se alterna entre Barcelona y Madrid; y también con las entregas de premios en los circuitos en catalán y castellano.

Esta lluvia fina de eventos alrededor de los libros es una baza que Barcelona ha de saber jugar para sostener y proyectar su reputación como ciudad de la literatura. No faltan competidoras, como Madrid, que en septiembre del 2021 vivió una edición vibrante de su Feria del Libro. Las presentaciones, los debates, las fiestas que se convocan después de los premios ayudan también a crear ese ambiente que favorece la llegada de jóvenes del resto del mundo con el deseo de vivir una aventura creativa en la ciudad. Es importante, en este sentido, que las editoriales sigan invitando a escritores de otros países a promocionar sus obras, algo en lo que siempre ha destacado la Anagrama de Jorge Herralde. Y es necesario que el entramado de escuelas de escritura creativa, uno de los grandes activos de la Barcelona literaria, supere el mazazo de la pandemia.

Pero, si hay un reto fundamental, es que entre todos los sectores involucrados se intente evitar la consolidación de dos circuitos literarios impermeables: el de la literatura en catalán y el de la literatura en castellano. La fortaleza de Barcelona se basa precisamente en haber sido siempre un cruce de caminos. Sin el diálogo entre culturas diversas no se entenderían algunas de las aportaciones que la ciudad ha hecho a la literatura universal.

Una de las pocas buenas noticias de la última crisis ha sido el hecho de que las librerías hayan salido reforzadas en su prestigio como centros de cultura, aunque en muchos casos, eso sí, haya sido a costa del patrimonio personal de sus propietarios. La unidad de acción del sector consiguió forzar a la Administración a reconocer que la librería es un servicio público esencial. También ayudó a su supervivencia como negocios que el libro resistiera la tempestad mejor que otros productos culturales. Y es destacable el hecho de que durante la pandemia llegaran a abrirse hasta tres librerías de gran formato: la Ona, la Byron y la Finestres, sugiriendo que hay una parte de la sociedad civil que vuelve a apostar por la cultura a la hora de invertir su capital. Otras, como la muy activa +Bernat, en la calle Buenos Aires, reformaron sus locales y ensayaron nuevas formas de conectar con su público.

Cada librería es un mundo, y todas tienen su particular desiderata para la reactivación: más agilidad en las ayudas; más flexibilidad por parte de la Administración a la hora de permitir usos como servir comida y bebida; un refuerzo de la seguridad, sobre todo en Ciutat Vella... Pero hay coincidencia en el sector en la necesidad de actuar sobre un sistema educativo en el que la lectura es una especie en peligro de extinción. Impulsar planes eficaces de fomento de la lectura, como marco general, y tomar decisiones que consoliden esa apuesta editorial barcelonesa. Ese sería el deber de las administraciones con competencias en la materia.

La reactivación de la gran biblioteca pública (el teniente de alcalde de Cultura, Jordi Martí, la denomina "Biblioteca Central Urbana") podría cubrir algunas de las carencias antes citadas. El proyecto constructivo, en cualquier caso, tendrá que reformularse porque se ha pasado años vegetando en un disco duro. Debería aprovecharse la ocasión para incorporar un espacio para los archivos de toda la actividad editorial generada en la ciudad y también para el museo de la Barcelona literaria. El proyecto del arquitecto Josep Maria Miró, de hecho, es muy abierto y permite la incorporación de nuevos usos.

Esta ofensiva para la retención de los archivos tendría que ir acompañada de un cambio de política por parte del Ministerio de Cultura, que bien podría producirse en el marco del acuerdo de cocapitalidad. Sería todo un gesto que el ministerio agradeciera la labor que ha desarrollado la Biblioteca Nacional de España (BNE) para preservar los archivos del mundo editorial catalán (como los de la editorial Tusquets, la agente Carmen Balcells o, en el futuro, tal vez los de Anagrama) para, a continuación, pedirle que los deposite en Barcelona cuando haya un equipamiento adecuado. Sin que la BNE tenga que renunciar a la titularidad. De hecho, lo que ha hecho esta institución es ocuparse de un material de valor innegable por el que la Biblioteca de Catalunya no había mostrado antes ningún interés. Pero no por ello tiene que trasladar los archivos físicamente lejos de una ciudad que, mientras no se decida lo contrario, sigue formando parte de España. En una entrevista concedida a *La Vanguardia* en septiembre del 2021, el ministro de Cultura, Miquel Iceta, aceptaba esta posibilidad, aunque la condicionaba a que fuera la Generalitat la que reclamara el regreso de esos archivos.

En cuanto al museo de la Barcelona literaria, sería un añadido importante a esa oferta turística de calidad que venimos reivindicando como fundamental en esta nueva etapa. Partiendo de un concepto abierto de turismo que puede muy bien incluir a los residentes en la propia ciudad: la globalización y los vuelos de bajo coste han acabado difuminando el concepto de turista y configurando una cartelera cultural única que en Europa comparten millones de personas. El comportamiento de muchos de esos potenciales usuarios de cultura no difiere ya mucho cuando la consumen en sus salidas al extranjero o cuando lo hacen en su propia casa.

En definitiva: ¿Se puede concebir que una Barcelona que pretende ser capital literaria no tenga un triste museo en el que se exponga su relato como ciudad de letras?

También los hoteles pueden jugar un papel. Algunos, los más antiguos, rebuscan en su historia para enriquecer su marca aprovechando el prestigio de sus huéspedes pretéritos. Ahí están los ejemplos del Majestic o del Palace y la reivindicación de las estancias de Lorca, Machado o Dalí en sus habitaciones. Algunos más jóvenes, como el Alma, el Claris o The Serras se han implicado a fondo en la vida cultural de la ciudad. Y hay otros que tienen un pasado esplendoroso, como el Cuatro Naciones de la Rambla (alojó a

Chopin, George Sand o Stendhal; ahí queda eso), pero que quizás no tienen la capacidad de afrontar por sí solos ese ejercicio de memoria histórica. En estos casos tal vez debería ser el gremio el que llevara la iniciativa.

Un otoño de cine

En el ámbito de la imagen se han ido configurando también interesantes oportunidades. Si antes hablábamos de la concatenación de festivales literarios que agrupados ganan entidad y pueden incluso promocionarse como una gran feria, en el caso del cine se apuntan tendencias similares. Por poner solo un ejemplo: con muy pocos días de margen, entre septiembre y noviembre se celebran en Barcelona una docena larga de festivales especializados que año a año han ido convirtiéndose en cita obligada en su género.

La referencia principal, por supuesto, es el Sitges Film Festival, que en el 2022 celebrará nada menos que su edición número 55.ª. Los otros son el Choreoscope Dance Film Festival; el IN-EDIT Barcelona, sobre el documental musical y con mucha proyección global; El Asian Film Festival; Filmets, sobre cortometrajes con sede en Badalona; Serielizados Fest, el festival internacional de series; el Ohlalà, sobre cine francófono; el Protesta, sobre cine de crítica y social; SUNCINE, sobre medio ambiente; la Mostra de

Cinema Àrab i Mediterrani; Terror Molins; L'Alternativa, de cine independiente; la Mostra de Cinema Espiritual; el Zoom Festival de contenidos audiovisuales; el Miniput de televisión de calidad; o el Inclús, de cine y discapacidad.

Sin olvidar otros festivales que una Barcelona con amplitud de miras tendría que considerar como parte de su propia oferta, como sería la Mostra de Cinema Llatinoamericà de Catalunya que se celebra en Lleida. Ni otros que se desarrollan en la primera mitad del año y que también han sabido posicionarse, como el Festival BBVA de Cinema de Muntanya de Torelló; el Animac de animación; Americana de cine independiente americano; D'A Film Festival de cine de autor; Docs Barcelona; Fire, de cine gay y lésbico; Wallay, de cine africano; o la Mostra Internacional de Films de Dones.

La asociación Catalunya Film Festivals ya se encarga de gestionar el valor conjunto de estos festivales. En Cataluña se celebran un total de 48 que atienden a más de medio millón de espectadores. Pero sería de justicia empezar a mencionar esta oferta entre las fortalezas culturales diferenciales de la ciudad. Barcelona no tiene un Cannes ni una Mostra de Venecia ni una Berlinale, pero puede presumir –no suele hacerlo– de un mosaico de festivales pequeños y medianos que la habilitan como ciudad de cine.

El 2020 y el 2021 han sido años muy duros para los organizadores de estos eventos, aunque, igual que sucede con otros sectores, los cambios que han tenido que aplicar para sobrevivir pueden convertirse en fortalezas de futuro. Para no desaparecer, los festivales tuvieron que acudir a las plataformas de visualización bajo demanda (VOD). En muchos casos era la única manera de llegar a su público. Solo una de ellas, Filmin, acogió un total de 52 festivales y sirvió más de un millón de contenidos en el 2020. Un hito impensable hace muy poco que puede convertirse en punto de partida de nuevos modelos de festivales. Acertar en el formato híbrido es el gran reto de las próximas ediciones: el ambiente especial que se vive durante una proyección de un festival en una sala de cine no puede compararse con el visionado de una película en casa, pero la apuesta por el VOD a través de plataformas como Filmin puede dar a estos eventos una dimensión hasta ahora inconcebible.

Escuelas de prestigio como Escac; compañías como Planeta, Mediapro, Filmin, Filmax, Gestmusic Endemol o A Contracorriente configuran un audiovisual catalán que tiene el denominador común de la creatividad y de la audacia empresarial. A todo ello hay que añadir el potente sector del videojuego, un rasgo diferencial en esta Barcelona de la tecnocultura. Según datos del Institut Català d'Empreses

Culturals (ICEC), Catalunya copaba en 2019 un 51% de la facturación del sector del videojuego en España. En total, 473 millones frente a los 920 registrados en ventas en todo el Estado.

Sin embargo, la parálisis presupuestaria de la Generalitat y el hecho de que las grandes plataformas hayan elegido Madrid para instalar sus sedes han relegado a Barcelona y Catalunya a un papel secundario. No se ha sabido reaccionar a tiempo, y en paralelo, la capital de España ha dado un salto adelante que no cabe atribuir únicamente a la ventaja de capitalidad: una vez más, Madrid ha actuado con agilidad y determinación para desarrollar un sector cultural clave. Solo unos fondos Next Generation generosos y bien gestionados pueden mejorar el posicionamiento de Barcelona en este ámbito.

Capitalidades. 4

El submarino enterrado. Josep Riera i Aragó

La escultura se ubica en un no-lugar que se ha ido definiendo a partir del uso colectivo. Durante tres décadas, se han acercado a él jubilados, familias con niños, los clientes de un aparcamiento municipal, los usuarios de una biblioteca y propietarios de perros. El lugar son los jardines Hiroshima del Guinardó, justo encima de la boca sur del túnel de la Rovira. La biblioteca es la Mercè Rodoreda y, la escultura, *Submarí enterrat*, del artista barcelonés Josep Riera i Aragó.

Es una de las obras más singulares de aquella generación de esculturas olímpicas. Solo tres elementos de la estructura superior del submarino emergen por encima de la arena, sugiriendo una gigantesca presencia oculta. La obra ha fascinado a varias generaciones de niños, aunque ahora sus principales usuarios sean los perros que desbordan el pipi-can cercano. El artista, en cualquier caso, sigue atraído por los sumergibles, ya que en el 2018 expuso varias piezas inspiradas en ellos en la galería Marlborough.

Indagar sobre una presencia oculta puede convertirse en un juego que estimule la imaginación de los más pequeños. Muchos niños, en los últimos treinta años, han dedicado largas jornadas de recreo a excavar con sus palas de plástico para intentar averiguar si, efectivamente, bajo sus pies yacía el resto del submarino. Su entusiasmo era enternecedor. Pero, ya en la esfera adulta, esa indagación puede abordarse como un ejercicio destinado a rescatar lo que está y no se aprecia a simple vista. Potencialidades intuidas, pero nunca desarrolladas. Riquezas acumuladas con grandes esfuerzos, pero de las que ahora nadie se acuerda. Ventajas echadas a perder.

No hacen falta sofisticados equipos de detección como los empleados en las pirámides egipcias para descubrir que Barcelona tiene aún muchas capacidades por impulsar. Posibles capitalidades variables en una escena global donde la interconexión temática ha relegado a un plano secundario los ámbitos territoriales clásicos. Barcelona debe asumir un papel protagonista en esa redefinición de la ciudad como laboratorio para los retos ambientales y socioeconómicos en la que trabajan los investigadores del programa de Ciudades Globales del Cidob.

Ni del sur de Europa ni de ninguna parte

Una frase recurrente para definir el potencial barcelonés ha sido pretender que la ciudad tiene que aspirar a ser la capital del Mediterráneo. Cuántas veces no hemos escuchado con qué soltura se empleaba este concepto en referencia a un supuesto espacio de progreso sobre el que Barcelona estaría llamada a ejercer un papel dinamizador. Un *hinterland* que integrarían ciudades mediterráneas como Valencia, Perpiñán, Toulouse, Montpellier, Marsella, Niza o Génova, con capacidad de proyectar su influencia a la ribera sur del Mediterráneo. En la época moderna, esta capitalidad fue alentada desde el nacionalismo catalán porque permitía extender la acción política más allá del marco estatal. Intencionalidades políticas al margen, las cosas se hicieron razonablemente bien. En este contexto, Catalunya llegó a ser considerada como uno de los cuatro motores europeos. Cierta influencia catalana sobre regiones del sur de Francia y del suroeste de Italia fue alentada por la Convergència de Jordi Pujol cuando este se implicó a fondo en la política regional europea. También por un municipalismo que ya anticipaba la importancia de las redes de ciudades conectadas.

Pero todo esto sucedía antes de internet y de las autopistas de la información. A finales de los ochenta y principios de los noventa, la revolución digital forzó un cambio de las reglas del juego y con él vino la globalización, con todas sus consecuencias. Las capitalidades se fueron difumando en redes sectoriales superpuestas en las que algunas ciudades empezaron a ser más referenciales que otras. En los últimos años, el investigador Bruce Katz, director del Nowak Metro Finance Lab de la Universidad de Drexel, ha popularizado el término *nuevo localismo*. Este se refiere al mayor poder de las ciudades en detrimento de los estados y las regiones y al hecho de que las metrópolis sean hoy más eficientes que los gobiernos en la solución de los problemas de las sociedades urbanas. Este hecho conlleva que las ciudades, al margen del país –o de la nación sin Estado– al que pertenecen, establezcan relaciones encaminadas a afrontar juntas los retos comunes.

Con este nuevo panorama, ¿tiene sentido limitar el ámbito de influencia de Barcelona al entorno Mediterráneo, haciendo prevalecer un criterio de mera unidad geográfica? En *Alerta Barcelona* proponíamos sustituir la idea de que Barcelona tiene que ejercer de *capital de Catalunya* por el concepto de *ejercer más de capital con Catalunya*, en alusión a esas redes globales sectoriales en las que hay ciudades que son los principales referentes.

Por ejemplo: Barcelona, y Catalunya con ella, tendrían que asumir un mayor papel como referencia global del humanismo tecnológico, involucrando para ello a todos los polos de conocimiento y de innovación social del territorio catalán. La evolución política de los últimos años así lo aconseja. En el contexto geográfico ampliado de la región mediterránea, el ejemplo sería igualmente válido. Si Barcelona tiene alguna influencia sobre esa red de ciudades, ha de aprovecharla para impulsar proyectos más consistentes. Especialmente interesante es el caso de Valencia, una ciudad que en algunos ámbitos plantea una férrea competencia a la capital catalana pero que, en el marco de una España que tiene como rival común la *aspiradora fiscal* de Madrid, tendría que ser considerada una aliada estratégica.

La importancia de ser capital

Hay que preguntarse, de entrada, por el potencial no desarrollado de algunas herramientas de capitalidad de las que Barcelona ya dispone.

La más relevante de ellas es el acuerdo de cocapitalidad cultural y científica, consolidado en los presupuestos del

Estado en noviembre del 2020 con una partida de 20 millones de euros. Es un acuerdo que tiene su particular historia. Una prueba de cómo se ha enrarecido el clima político en España en la última década es la evolución del nombre de la cosa. En el 2009, cuando el alcalde Jordi Hereu y el entonces ministro de Política Territorial, Manuel Chaves, suscribieron el primer acuerdo de bicapitalidad cultural Barcelona-Madrid, ninguna ciudad del resto de España levantó la mano para quejarse. Nadie podía cuestionar el liderazgo barcelonés en un momento en que la ciudad atraía a públicos culturales de todo el país. El convenio, que establecía una inversión anual de 21,6 millones para compensar la contribución a esa bicapitalidad que realizaban las instituciones culturales barcelonesas, decayó cuando Mariano Rajoy llegó a la Moncloa, sin que el consistorio de Xavier Trias protestara por ello. Los socialistas de Jaume Collboni intentaron recuperarlo durante el primer mandato de Ada Colau, pero el Gobierno del PP ni siquiera les dio respuesta.

Y ahora, cuando el acuerdo ha resucitado de la mano de Pedro Sánchez y Ada Colau, ha habido que cambiarle el nombre. En el 2020, en los despachos del Ministerio de Cultura causaba recelo la expresión *bicapitalidad*: había miedo a que otras ciudades reclamaran su parte. *Cocapita-*

lidad suena menos excluyente. Admite a más actores. Capitalidad para todos.

Hay que tener en cuenta que en estos años han emergido ciudades como Bilbao, Sevilla, Málaga o la citada Valencia, con propuestas culturales que también trascienden el ámbito local. Tampoco puede obviarse que el conflicto político catalán ha erosionado la imagen de Barcelona en el resto de España, al tiempo que Madrid, por méritos propios, iba situándose al nivel de la capital catalana en ámbitos de la cultura en los que siempre había ido por detrás.

Por todo ello, habría que valorar el acuerdo de reconocimiento de la capitalidad cultural y científica como una gran oportunidad de alinear esfuerzos e iniciativas para volver a posicionar la ciudad donde solía. De entrada, porque supone una inversión de 20 millones de euros anuales en un sector que va a salir de esta crisis tan prestigiado como debilitado en sus fundamentos económicos. Hay que apreciar en su justa medida esta cifra: los presupuestos culturales han menguado tanto desde la crisis económica del 2008 que una inversión de este montante, si se aplica con criterio, podría tener un efecto apreciable en el ecosistema.

Pero, más allá de la inversión, Barcelona haría bien en interpretar este acuerdo de cocapitalidad como un nuevo marco mental para una ciudad que en los últimos años ha tenido serias dificultades para autodefinirse. Es una ocasión para replantearse su gestión de las capitalidades una vez las ha conseguido, a veces después de superar duros procesos para convencer a propios y extraños. Tal vez la más devaluada de ellas sea la Unión para el Mediterráneo (UpM), que languidece en su retiro dorado de Pedralbes. Es una institución zombi que solo resurge en los aniversarios.

Y eso a pesar de que los objetivos fundacionales de la UpM sintonizan con las políticas que se impulsan hoy desde el Ayuntamiento de Barcelona y, en buena medida, con el sentir general de la sociedad catalana. Es probable que la covid agrave la crisis migratoria, como alerta el filósofo Slavoj Zizek en su libro *Pandemia*. Va a haber mucha necesidad de diálogo entre el norte y el sur para afrontar este reto humanitario, que entronca además con el discurso cada vez más asumido de que las decrépitas sociedades occidentales necesitarán pronto la incorporación de millones de inmigrantes en su mercado laboral. Y ocupados como estamos con la crisis sanitaria olvidamos que el cambio climático avanza implacable, amenazando un ámbito tan frágil como es el Mediterráneo. El drama de los refugiados climáticos está a la vuelta de la esquina. ¿Por qué no se postula Barcelona para acoger estos debates, aprovechando el marco que le brinda una institución como la UpM? Por supuesto, no sería fácil conseguirlo. A Barcelona nunca se le ha regalado nada. Haría falta un fuerte impulso institucional desde la ciudad y desde el Gobierno catalán para involucrar al Gobierno español, que es el que tiene la capacidad de convocar una conferencia de ese calibre y reactivar así la oficina.

Otra institución de diplomacia pública infrautilizada es Casa Asia, obligada a vagar por el callejero de la ciudad por falta de una financiación que le permita tener una sede en condiciones. Además de beneficiarse de su oferta cultural y del puente que tiende hacia los países asiáticos, Barcelona debería aprovechar una sede como esta para elevar el estatus de la ciudad en el contexto de la política global. Hay que recordar que Casa Asia llegó a estar ubicada en el recinto histórico de Sant Pau, que es un ejemplo de proyecto de diplomacia pública que se ha quedado a medio camino de lograr sus objetivos. En su etapa de directora, Gemma Sendra –después concejal de ERC en Barcelona– impulsó la reforma de los viejos pabellones y gestionó el aterrizaje de instituciones como el Instituto Internacional de la Universidad de Naciones Unidas, que permaneció abierto hasta el 2018. El conjunto modernista de Sant Pau es otro proyecto que recuperar con una apuesta firme y ambiciosa.

Un ensayo de capitalidad lo realizó Barcelona en junio del 2021, cuando la reunión anual del Cercle d'Economia trajo a sus jornadas a una representación de jefes de Estado, presidentes de Gobierno y ministros inusual en los últimos tiempos. El clima de diálogo entre los gobiernos español y catalán, que se hizo más patente a lo largo del 2021, ayudó a facilitar un encuentro de esta altura. La misma semana, Foment del Treball organizó un seminario España-Italia con invitados también de primer nivel.

Esa renovada capacidad de convocatoria, que sorprendió a propios y extraños, debería dar alas a Barcelona para postularse como escenario de cumbres y lograr que semanas como aquella tengan continuidad. Las jornadas del Cercle y de Foment demuestran que para conseguir estos objetivos hay que proponer, planear y disponer desde la propia sociedad civil, porque la inercia lleva a la ciudad en sentido contrario, hacia la irrelevancia.

Sería injusto afirmar que Barcelona –pandemia al margen– ha dejado de hacer política a nivel global en los últimos años. Desde la capital catalana, por ejemplo, se han liderado plataformas de ciudades para exigir la devolución de los datos que la ciudadanía pone en manos de las grandes plataformas, así como para impulsar un mayor control de los alquileres turísticos. Pero es obvio que hay mucho margen de crecimiento. A los ámbitos citados antes se puede sumar el reto de *latinoamericanizar* más la ciudad. La proyección de Barcelona y de Catalunya en Latinoamérica se ha intensificado desde los tiempos en que José María Aznar trató de blindar a cal y canto la capitalidad iberoamericana de Madrid, pero aún queda mucho camino por recorrer, más allá de la relación intensa y fructífera que existe entre el sector editorial de ambos lados del Atlántico. Casa Amèrica de Catalunya trabaja en proyectos para ampliar esa vinculación. Y, en este contexto, en el 2020 debía haberse celebrado una primera edición del Festival Gabo de Barcelona, vinculado al gran festival de periodismo de Medellín. Pero este acabó siendo uno de los muchos eventos cancelados por la pandemia. La Fundación Gabo de Colombia se prepara ahora para recuperar un proyecto que permitiría institucionalizar la relación privilegiada de la capital catalana con Gabriel García Márquez, quien residió y escribió en la ciudad durante ocho años.

Decíamos en un capítulo anterior que la creatividad tendría que utilizarse como puente para que Barcelona interaccionara con otras ciudades de España que en el pasado la tenían por la capital cultural del país. Se han apuntado vías para restablecer ese contacto. Una de ellas podría ser la iniciada en junio del 2021 por los ayuntamientos de Barcelona y Sevilla cuando se unieron para promocionar en Francia, de forma conjunta, la cultura de sus ciudades. Es un acuerdo más relevante por lo que supone de reinicio de la relación entre ambas urbes que por la propia finalidad promocional.

Pero, de entrada, habría que recuperar el vínculo con ese Madrid de la cultura que tiene mentalidad abierta y que, en estos años de conflicto, ha dejado de coger el AVE a Barcelona con la frecuencia que solía. Sería una prueba de lucidez que la capital catalana abriera los brazos a ese Madrid cultural que se enfrenta al reto de desarrollar su actividad en un clima de creciente derechización política, con los ultras de Vox monitorizando los pasos de los gobernantes del PP. Es llamativo el hecho de que esté amenazada la supervivencia del laboratorio Medialab Prado de participación ciudadana y de producción de proyectos culturales abiertos. Ese exitoso proyecto había ayudado a Madrid a incorporarse al ámbito de la innovación artística y tecnológica impulsada desde la base.

Porque, si el conflicto Catalunya-España devaluó el papel de Barcelona como sujeto político, Madrid puede sufrir también las consecuencias del particular *procés* que han iniciado las autoridades de la capital al grito de *libertad*. En cierto modo, al promoverse un cierto orgullo de ciudad, se menoscaba ese orgullo de no pertenencia que ha sido siempre la carta de presentación de Madrid.

Un grito de *libertad* frente a las restricciones sanitarias impuestas por el Gobierno socialista, claro, pero también para amparar una agresiva política fiscal. En la apertura de las jornadas del Cercle d'Economia, su presidente, Javier Faus, cuestionó tanto "los experimentos unilaterales de Catalunya" como el hecho de que una Madrid favorecida por el efecto de la capitalidad esté actuando como "una aspiradora de recursos del resto de España". Pero la novedad es que este discurso ya no es exclusivo de Catalunya, sino que lo comparten otras comunidades alarmadas por la evidencia de que el crecimiento desbocado de Madrid agudizará el decrecimiento de otros territorios del país. Mientras Barcelona y Catalunya, ensimismadas, se mantienen al margen de este debate político territorial –ignorado por sectores independentistas con el argumento de que todo lo resolverá el Estado propio–, otros toman la iniciativa. Es el caso del presidente valenciano, Ximo Puig, quien propone una profunda reforma del marco fiscal que impulse a "*las Españas* frente al centralismo".

El presidente de la Generalitat valenciana ha dispuesto la pista y ahora solo hay que aterrizar en ella. Es una excelente oportunidad para recuperar la ascendencia perdida sobre las otras ciudades españolas. Y para ser más fuertes: Barcelona mejorará sustancialmente su posicionamiento internacional si acepta el envite y cuenta con Valencia, Bilbao, Sevilla, Zaragoza o Sevilla en sus proyectos. Sin renunciar por ello a trabajar en red con otras metrópolis globales. Sería una gran oportunidad perdida que la capital catalana no hiciera el esfuerzo de colaborar con este entramado de ciudades tan próximas y con tantos rasgos comunes.

Por supuesto, también con Madrid, siempre que sea posible. Porque se trata de las dos grandes ciudades de un mismo país mejor conectadas del mundo, y tienen en común muchas más cosas de las que se aprecian a simple vista. Ambas tienen una fuerte vocación cultural, clubs de fútbol hegemónicos que son las dos caras de la misma moneda y amplios sectores de la población motivados por el fin de las desigualdades, entre otras similitudes. La colaboración que mantiene el Círculo de Bellas Artes de Madrid con algunas instituciones catalanas, como el Ateneu Barcelonès, es un ejemplo de que ese diálogo es todavía posible. A principios de octubre del 2021 se anunció en Barcelona la creación de la fundación Áfora, impulsada por la empresa teatral Focus, que tiene entre sus objetivos promover la colaboración cultural entre las dos ciudades.

Pero Barcelona y Madrid comparten otro indeseado rasgo común: el resto de España las considera hoy ciudades antipáticas.

La magnífica Eurocopa de fútbol del verano del 2021 puso en valor el futuro de los eventos multisede. Compartir candidaturas no solo es posible, sino que en el actual contexto económico puede resultar una ventaja para conseguir nominaciones. Hay infinitas posibilidades a explorar en el ámbito ferial, el deportivo o el cultural. Aunque para ello haya que dejar aparcados no pocos complejos.

Con los antecedentes analizados, es difícil ser optimista sobre la activación de estas capitalidades en el horizonte del 2023. Ese año se estará aplicando, ya convenientemente rodado, el acuerdo de cocapitalidad cultural y científica. Pero lo demás depende de la voluntad política y de la presión que se ejerza sobre los gobernantes.

Ni Shenzhen ni Silicon Valley

Dos meses después de iniciarse la pandemia, entrevisté a Greg Clark, urbanista experto en asesorar a ciudades en crisis y buen conocedor de Barcelona. Su respuesta a la pregunta de qué debe hacer esta ciudad para reactivarse fue clara y precisa:

> La historia que tiene que contar Barcelona al mundo no es la del sol y la playa y la fiesta, que por otra parte

> está muy bien, sino que va a cambiar el modelo de turismo de bajo coste por un modelo de alta calidad que la ayude a ser una ciudad de innovación, diseño y productividad. Para lograrlo tiene que especializarse más como ciudad de congresos, de cumbres de diversos ecosistemas, donde gente de todo el mundo se reúna para discutir sobre medicina, sobre ciencias de la vida, sobre las nuevas fronteras de la economía circular, sobre tecnología móvil, sobre los procesos de digitalización, sobre la conexión entre el diseño urbano y la salud humana, sobre los contenidos creativos... todo eso, en lugar de apostar por políticas que dañan su propio ADN. Por ejemplo, si eres la anfitriona del Mobile World Congress, es importante que seas la ciudad de referencia en el mundo en procesos de digitalización que crean mejores condiciones de vida para la gente.

La apuesta por la innovación, mencionada por Clark, está en el eje de todos los discursos de ciudad, aunque conviene hacer una aclaración: que Barcelona sea un polo de atracción de talento y que se la tenga por una ciudad creativa no implica que pueda competir con los principales centros de innovación del mundo. A menudo se emiten mensajes que invitan a la confusión. Barcelona puede competir, en algunos sectores, en investigación pública. Pero no en la innovación en el ámbito privado. Al menos, mientras no se produzca un muy improbable cambio de las reglas del juego y un salto de escala en los presupuestos. Catalunya no supo dar el paso hacia la economía innovadora cuando en el cambio de siglo se aceleró el declive de su sector industrial, que solo unas décadas antes había sido puntero en Europa. Y eso sucedió ante la indiferencia generalizada. En su artículo en *La Vanguardia*, Esteve Almirall, Antoni Garrell, Xavier Marcet y Xavier Ferràs alertaban: "Nuestra competitividad ya ha caído por debajo de la media europea, y nuestros indicadores de innovación se han congelado desde el 2007. Perdemos industria, perdemos oportunidades y perdemos talento. La sociedad se precariza de forma evidente. Y, pese a ello, parece que nadie afronte estos problemas tangibles y enmendables con buenas políticas". El artículo concluía que Catalunya aún dispone de una última oportunidad para asomar la cabeza en las grandes ligas de la innovación, gracias a los fondos Next Generation de la Unión Europea.

El precario ecosistema innovador barcelonés y catalán nunca podrá emular a ciudades como Shenzhen, donde en los próximos años se van a invertir 100.000 millones de euros en I+D. Esto tiene cierta lógica: la determinación de

China y de los Estados Unidos de Joe Biden de reimpulsar su carrera tecnológica está dejando a la misma Europa con el paso cambiado. Es un problema de magnitud continental. Pero lo que sí es muy preocupante es que Catalunya ni siquiera sea competitiva en el ranking regional europeo de innovación que elabora la Comisión Europea. En la clasificación del 2021, Catalunya ocupaba la mitad baja de la tabla (por detrás, por cierto, de la mayoría de las regiones francesas e italianas del arco mediterráneo), con la etiqueta de *innovador moderado*. En España la superaban dos comunidades: Madrid y el País Vasco. La capital se beneficia de la concentración de grandes empresas tecnológicas y de la capacidad de estas de generar actividad a su alrededor, pero también de su gran dinamismo. El País Vasco, de la planificación a largo plazo, de un mayor compromiso público con la innovación y de una cultura de colaboración público-privada muy desarrollada. Y puesta al día.

Los expertos suelen destacar que no invertir en innovación no solo no permite crecer, sino que penaliza, porque en los países que sí lo hacen se crean oportunidades que acaban provocando un desplazamiento del talento desde los países menos innovadores.

Las expectativas de que la situación se revierta con la llegada de los fondos europeos no son muy altas. Otras regiones españolas y del resto de Europa trabajaron a fondo a lo largo del 2021 para generar proyectos de gran escala y un claro potencial transformador, mientras que la parálisis política catalana no jugaba precisamente a favor. Hasta mayo de aquel año –tres meses después de las elecciones– no se constituyó el primer Govern con vocación de gobernar en casi un lustro. Eso no quiere decir que no se impulsaran proyectos sólidos, sino que probablemente se desaprovechó la ocasión de hacerlo con más método y planificación.

A falta de un giro radical en los presupuestos que favorezca la innovación y de un cambio de mentalidad por parte de las propias empresas, queda mejorar el marco legal. En julio del 2021, el anteproyecto de ley de Empresas Emergentes (la ley de *start-ups*) del Gobierno de Pedro Sánchez fue recibido con cierta frialdad por el sector, que entendía que las ventajas ofrecidas quedaban lejos de las que obtenían las compañías emprendedoras de otros países.

Las bajas expectativas obligan, una vez más, a revisar la secuencia genómica de la ciudad en busca de certidumbres. Una de ellas es muy obvia: hay que promover la innovación en aquellos sectores en los que Barcelona ya está bien posicionada –como la biomedicina en el ámbito de la biorregión catalana– más que propiciar una diversificación que a la larga puede debilitar al conjunto del ecosistema. Entre los consejos de Greg Clark figuraba apostar por el diseño urbano y la salud. Está en el ADN barcelonés. Pero el mismo urbanista sugería también una fortaleza a desarrollar que no resulta tan evidente para todo el mundo: "Si eres la anfitriona del Mobile World Congress, es importante que seas la ciudad de referencia en el mundo en procesos de digitalización que crean mejores condiciones de vida para la gente".

Esta afirmación apunta al corazón de uno de los grandes retos de la ciudad. Es una apuesta estratégica que de entrada aporta poca riqueza tangible. Estamos hablando de situar Barcelona en el centro del debate global sobre los peligros que conlleva un mal uso de las nuevas tecnologías. Ni más ni menos que eso. A la larga, invertir esfuerzos en eso que se ha venido a llamar el *humanismo tecnológico* puede favorecer el posicionamiento de la ciudad como un polo de atracción de profesionales y empresas interesadas en las soluciones a los dilemas éticos que plantea el acelerado desarrollo digital en ámbitos como la inteligencia artificial, la robótica o el reconocimiento facial.

¿Barcelona capital del humanismo tecnológico o digital? Hoy por hoy, no parece viable en esos términos. Lo mismo que vale para el sector editorial puede aplicarse en este caso: la globalización ha difuminado las capitalidades tal como las conocíamos. Sin embargo, eso no implica que no pueda aspirar a convertirse en una de las ciudades de referencia en el campo de la tecnoética. Será difícil conseguirlo, pero, admitámoslo, aún lo es más dar un salto de escala presupuestario en apoyo de la innovación para emular a supergigantes como Shenzhen o Silicon Valley. No depende solo de Barcelona convertirse en ciudad de referencia del humanismo digital, pero sí depende mucho de la determinación con la que Barcelona persiga este objetivo.

La periodista Mar Galtés, autora de *Barcelona startup* (Libros de Cabecera), sitúa perfectamente el debate cuando señala que la capital catalana tiene la geografía, la cultura, la gastronomía, la inspiración tecnológica de Silicon Valley y, sobre todo, el Estado de bienestar europeo. Este marco de libertades y derechos es una carta por jugar a fondo.

Como ya se ha apuntado, Barcelona nunca lo ha tenido fácil para lograr el apoyo de los gobiernos central y catalán a sus proyectos estratégicos. Cuando lo ha conseguido es porque los ha impulsado con tanta solvencia desde la colaboración público-privada que ambas administraciones no han tenido más remedio que sumarse.

Las condiciones de partida son buenas. No solo para convertir la ciudad en sede privilegiada de este debate tecnoético, sino también para que se erija en un destino aún más atractivo para profesionales desencantados con las condiciones de vida y de trabajo de los *hubs* tecnológicos de Estados Unidos o Asia. Ya sea por disponer de un marco laboral más favorable al trabajador o por ser una ciudad comprometida con la igualdad y los derechos individuales.

En definitiva, se trata de incluir la ideología como oferta de ciudad. El propio Slavoj Zizek, en su ensayo *Como un ladrón en pleno día* (Anagrama), se refería a Barcelona como una de las ciudades del mundo habituadas a imponer su agenda progresista sea cual sea la orientación de los gobiernos a los que está supeditada.

La apuesta para conseguir un lugar relevante en este debate tiene una ventaja respecto a otras iniciativas en las que está involucrada Barcelona: cuesta relativamente poco; se trata más bien de ejercer influencia en todos los terrenos para dotar a la ciudad de protagonismo en este ámbito. El sustrato ideológico está garantizado en una ciudad tan proclive al activismo como esta. Barcelona dispone, además, de un *think tank* avanzado en el abordaje de la tecnoética, impulsado por la UPC. Muy implicada está también la consultora Ideograma, que dirige Antoni Gutiérrez-Rubí, en contacto con el escritor y profesor José María Lassalle, padre de la expresión *Davos tecnológico*. Asimismo, juega a favor el empuje que Joan Subirats, desde el Ayuntamiento, ha dado en los últimos años a los debates sobre pensamiento. Las bienales Ciutat Oberta y Ciutat i Ciència han sido eventos de referencia en el abordaje de esos retos que surgen al calor de la revolución tecnológica. Suma también la labor de muchos años del CCCB para promover ese tipo de discurso. Pero, también, como apuntaba Clark, el hecho de ser la ciudad sede del Mobile World Congress (MWC) involucra en esta propuesta a la industria, lo que completa y enriquece la candidatura.

De hecho, el MWC es impulsor, a través de la Fundació Mobile World Capital y en colaboración con el Ministerio de Economía, del instrumento necesario para vehicular estas aspiraciones barcelonesas de liderar el debate del humanismo digital: la plataforma Digital Future Society (DFS), con sede en la ciudad. Después de un arranque titubeante, la DFS consiguió organizar en junio del 2021 una cumbre (*Humanismo en la era digital, debatir hoy para un futuro mejor*) que por el nivel de los participantes empezaba a parecerse a lo que cabe esperar de una metrópolis como Barcelona. El rodaje ya está hecho para que la edición del 2023 de la cumbre de la DFS esté a la altura de una ciudad ambiciosa.

Hay que tener en cuenta, sin embargo, que el resto de las ciudades no se han quedado detenidas en el tiempo. Madrid también está dando pasos para ser ciudad de referencia de la tecnoética. La capital de España es la sede de grandes empresas tecnológicas sin la complicidad de las cuales será muy difícil que prospere esta apuesta barcelonesa por el humanismo tecnológico. Ellas también están interesadas en participar de este debate. En la capital, como en otras ciudades, se organizan conferencias sobre los preocupantes sesgos de la revolución tecnológica. Una vez más se trataría de actuar con inteligencia y altura de miras: involucrar a ese Madrid puede reforzar esa apuesta barcelonesa.

La capitalidad que Barcelona no necesita

Ahora bien, procurar que la ideología juegue a favor de la ciudad comporta actuar con coherencia. En la medida de lo posible. Y parece incoherente que una Barcelona que presume –en muchos sentidos con razón– de su militancia en las causas de la justicia social y de la igualdad sea al mismo tiempo un polo de atracción de los traficantes de mujeres.

Durante los últimos años antes de la pandemia, la compraventa de sexo se había convertido en un gran reclamo de la ciudad. A todas sus capitalidades oficiosas, sumaba la del alquiler de mujeres, un negocio sostenido mayoritariamente por traficantes de seres humanos que habían convertido la ciudad en un *hub* estratégico. Era una capitalidad compartida con otras metrópolis globales, cierto, pero no por eso menos merecida. Muchos turistas –y congresistas– llegaban al aeropuerto de El Prat sabiendo que el alquiler por horas de una mujer para el desahogo sexual era solo un ingrediente más de un menú compartido con raciones de playa, mojitos *low cost* y bañeras de cerveza. Los mensajes pro regulación de la prostitución tienen ese efecto indeseado: atraen a unas mafias desesperadas por blanquear su actividad.

Es preocupante lo que pueda pasar a partir de ahora. En plena pandemia, los clientes se frotaban las manos en sus foros online ante la perspectiva de una caída de los precios de los servicios. Históricamente, las pandemias han provocado un auge de la prostitución.

Sin competencias para legislar sobre el fondo del problema, la pospandemia obligará a los gobiernos locales a definirse. Opción A: los servicios sociales ayudan al colectivo a aterrizar en el mundo laboral (como se hace con las plantillas de las industrias que se han quedado obsoletas o que se han deslocalizado). Al mismo tiempo, se utilizan las ordenanzas y la Guardia Urbana para incomodar a los clientes y a los proxenetas, haciéndoles ver que Barcelona ha dejado de ser un terreno propicio para sus actividades.

Opción B: se confía en que la ley y la policía desarticularán las redes de trata, mientras se reclama una regulación de la actividad pensada para la minoría de prostitutas que ejercen por su cuenta. Cuando se comprueba que la fórmula es manifiestamente fallida, se mira hacia otro lado. Es decir, se vuelve a la situación previa a la pandemia.

El gobierno municipal que salió de las urnas en el 2019 está muy dividido en este asunto: los socialistas son abolicionistas y BComú es más bien partidaria de la regulación. Así que no cabe esperar a corto plazo una política activa en este frente.

Las preguntas abiertas son: ¿También quiere preservar Barcelona esta capitalidad? ¿Con qué coherencia se defiende la igualdad y después se tolera lo que, en palabras de la socióloga Rosa Cobo, es una de las formas de explotación que comporta el capitalismo global?

La evolución de la prostitución en el 2023 dependerá del contexto sanitario. Si la pandemia ha quedado definitivamente atrás, es muy probable que quienes visiten para entonces la ciudad y no tengan complejos en alquilar un cuerpo humano para su desahogo se encuentren, como de costumbre, con una oferta abundante y diversa. Pero aún más barata.

La ciudad de los grandes eventos

El Mobile World Congress (MWC) ha contribuido a potenciar el sector tecnológico de la ciudad. La feria Integrated Systems Europe (ISE), el certamen arrebatado por la Fira de Barcelona a Amsterdam, que en el 2021 se estrenó con una edición testimonial, lo hará también en el futuro. Juntos, los dos certámenes configuran una gran apuesta ferial por la tecnología. Habrá más incorporaciones. De momento, el MWC ya ha anunciado la creación de salón llamado Puzzle X, en el que se quiere involucrar al ecosistema global de los materiales avanzados (*frontier materials*), como el grafeno. Lo organizan la Fira, la plataforma Advanced Material Future Preparedness Taskforce (donde participa el propio consejero de la GSMA-Mobile impulsora del MWC, John Hoffman) con la colaboración del Institut de Ciències Fotòniques. En el 2023, Mobile World Congress, ISE, Puzzle X, 4YFN y otros salones complementarios tendrían que haber recuperado ya buena parte del fuelle que perdieron con la crisis sanitaria. Contribuirían de manera decisiva, ahora sí, a la reactivación de Barcelona y a su posicionamiento en el desarrollo de las tecnologías 5G.

Puzzle X es una prueba más del compromiso del MWC con Barcelona, después de que GSMA y la Fira hayan tenido que trabajar a fondo y de forma muy coordinada para mantener vivo el certamen tras el desastre que supuso su cancelación en el 2020. De hecho, en las entrevistas y en las conferencias de prensa, a John Hoffman han dejado de preguntarle por la fecha de caducidad de la alianza Barcelona-MWC. Se da por hecha la continuidad.

Las organizaciones implicadas afrontan a partir de ahora un reto mayúsculo, que es adaptarse a un contexto en el que el virus no acabe de desaparecer del todo y siga condicionando, aunque en menor medida, la cotidianeidad y la actividad económica. Entre las novedades que sí han *llegado para quedarse* estará, sin duda, el formato híbrido de los congresos. La incógnita por despejar es hasta qué punto suma o hasta qué punto resta esa convivencia entre lo presencial y lo virtual a una ciudad como Barcelona.

Con una situación sanitaria normal, la feria online podría servir para sumar a profesionales que en persona no asistirían. Es decir, se generaría un beneficio neto al incorporar una audiencia nueva. En un contexto de restricciones, no obstante, tener poco público presencial y muchos cuadraditos en las pantallas sirve para salvar la cara de los organizadores, pero es improbable que les salgan los números a la hora de hacer balance. Ni a ellos ni a la ciudad, que si algo puede ofrecer a los congresistas es calidad de vida, cultura, buena gastronomía, playas y buen tiempo. En una competición entre congresos virtuales, Barcelona no tendría ninguna ventaja. La capital catalana y sus eventos necesitan de un horizonte lo más despejado posible para ser competitivos.

La misma incertidumbre pesa sobre los grandes eventos que organizan las ciudades después de ganar un proceso de selección. Las sucesivas olas de la pandemia han acabado arruinando no pocos acontecimientos preparados a conciencia durante años. Pero a Barcelona no le quita por ahora el sueño este panorama: los eventos que tiene concedidos no se van a celebrar de inmediato. Uno de ellos, la feria de arte Manifesta, llegará en el 2024. Y en el 2026 lo hará la capitalidad mundial de la arquitectura concedida por la Unesco, una gran oportunidad para impulsar el centro abierto de arquitectura que promueve el sector.

Otra candidatura que está sobre la mesa es la de los Juegos Olímpicos de invierno Barcelona Pirineos 2030. Es una propuesta interesante, sobre todo para consumo interno. Es decir, su principal aportación –nada desdeñable– puede ser ayudar a recomponer la relación entre la metrópolis y el territorio, que siempre ha sido compleja pero que ha empeorado durante el conflicto político. En este sentido, que la capital preste su nombre y sus escenarios más nobles a un evento que puede mejorar las infraestructuras del Pirineo y ayudar a su promoción turística es ya un motivo para apoyar los juegos. De paso, además, se establecería una interesante vinculación con Aragón, una comunidad con la que Catalunya ha tenido en las últimas décadas pocos encuentros y muchos desencuentros.

Sería muy diferente si lo que se pretendiera con la candidatura fuera lograr una gran repercusión internacional. El propósito sería entonces muy cuestionable. Porque los juegos de invierno tienen un impacto mediático limitado. Basta con hacer una encuesta entre los más allegados: ¿quién recuerda las tres últimas sedes? Además, las próximas ediciones van a estar más que nunca en el punto de mira de las organizaciones ambientalistas y del conjunto de la ciudadanía preocupada por el cambio climático. La percepción que había hace una década sobre la amenaza del calentamiento global no tiene nada que ver con la que hay ahora. Cada fenómeno meteorológico extremo –como las inundaciones en Alemania en junio del 2021– ha servido para abrir los ojos a más gente sobre el futuro que se avecina si no se reducen drásticamente las emisiones de gases de efecto invernadero. Los estudios de los expertos de Naciones Unidas son cada vez más dramáticos, como el presentado en agosto del 2021, alertando de que el planeta ha sufrido ya daños irreversibles por la inacción de los gobiernos. Quién sabe cuántas calamidades naturales habrá que sufrir o presenciar durante la próxima década. Y quién sabe si no se verá como una frivolidad que la Europa meridional celebre en el 2030 unos juegos sobre un manto de nieve fabricada artificialmente con agua (recurso escaso en todo el planeta) y un alto dispendio en energía (recurso escaso en una Catalunya que por entonces puede ser energéticamente dependiente).

Pero tal vez no sea este el principal escollo. La candidatura Barcelona Pirineos 2030 debe superar otros obstáculos, como las eventuales consultas en el territorio y en la propia Barcelona. Ya se sabe que este tipo de referéndums suelen servir para que mucha gente canalice a través del *no* su malestar con la situación económica o política en general. ERC, el partido del president de la Generalitat, Pere Aragonès, cuenta con unas bases muy movilizadas contra todo lo que suponga una alteración del paisaje. De ahí, tal vez, su prevención.

Por otra parte, la excelente recepción por parte del Gobierno central de la candidatura a los Juegos de invierno invita a la sospecha. Tal vez haya una motivación añadida: facilitar que Barcelona se aparte voluntariamente de la carrera por organizar unos Juegos de verano y dejar así despejado el camino a Madrid para un nuevo intento. Las ediciones del 2024, 2028 y 2032 se celebrarán, si los virus no lo impiden, en París, Los Ángeles y Brisbane respectivamente. Así que la primera fecha libre sería el verano del 2036, justo cuando se cumplirá un siglo de las Olimpíadas Populares que iba a acoger el Estadi Olímpic de Barcelona y que se frustraron por el golpe de Estado de Franco. El 2036 es una posibilidad sugerente para Barcelona, aunque hay que admitir que el actual clima político hace muy improbable la candidatura, y además Rusia ha dado ya un paso al frente y propone que se celebren en San Petersburgo, Vladivostok o en Kazán. También se postulan varias ciudades chinas. Barcelona, recordemos, está formalmente involucrada en la organización de unos Juegos de invierno. Por no hablar de la oposición que plantearía Madrid, que también ha asomado la cabeza y no descarta acabar presentando candidatura. En un mundo ideal, y retomando el ejemplo de la exitosa Eurocopa *multisede* del 2021, Barcelona y Madrid podrían presentar una candidatura conjunta que resultaría imbatible.

Pero este libro no sería entonces un ensayo, sino una novela.

Hubiera sido mucho más realista que Barcelona aspirara a acoger un Mundial de atletismo, acontecimiento que sí tiene una gran repercusión mediática y para el que la ciudad está sobradamente preparada. El problema es que estos eventos no se improvisan.

El primer mandato de BComú tuvo consecuencias muy negativas en el posicionamiento de Barcelona como ciudad organizadora de citas deportivas. La fijación en el deporte de base, igual que sucedió en el ámbito cultural, cuando solo se valoraba la cultura más popular, contribuyó a que Barcelona se quedara fuera de la carrera global por los grandes eventos. El partido de la alcaldesa Ada Colau admitía entonces de forma explícita que su modelo de ciudad no contemplaba este tipo de convocatorias. Especialmente frustrante fue que nadie recogiera el guante lanzado por el mismísimo presidente del atletismo mundial, Sebastian Coe, cuando en el 2017, en una rueda de prensa en Londres, dijo que "Barcelona sería una buena sede para acoger los campeonatos del mundo del 2023". ¿Podemos imaginar ahora en qué medida habría contribuido a ese 2023 de la reactivación el hecho de que Barcelona acogiera un acontecimiento de esa envergadura? Unos campeonatos que además podrían incorporar planteamientos muy del gusto de los comunes y del conjunto de la ciudadanía, como son el antirracismo, el feminismo o la antihomofobia. ¿Qué mejor altavoz para esas causas que la Barcelona de las grandes manifestaciones sociales?

Y todo con el trabajo hecho, ya que el estadio olímpico está en buen estado y hay magníficas pistas de entrenamiento distribuidas por toda la ciudad, uno de los mejores legados de 1992. En el 2017, los socios socialistas del Ayuntamiento empezaron a estudiar la propuesta de Coe, porque el coste de la operación era muy elevado. El presupuesto rondaba los 80 millones de euros, que había que compensar con la venta de entradas y otros conceptos. No pudieron acabar su trabajo. El asunto decayó tras ser expulsado el PSC de Jaume Collboni del gobierno municipal.

Ahora, en el mejor de los casos, habrá que conformarse con ver por televisión unas cuantas ediciones. Los mundiales del 2023 se celebrarán finalmente en Budapest, los del 2025 podrían ir a África y hay conversaciones entre Londres y la federación de atletismo mundial para que la capital británica acoja la edición del 2027. La ciudad australiana de Perth, por su parte, quiere celebrar su bicentenario siendo la sede de los del 2029.

El mundo no nos espera.

Urbanismo: aunque se hable mal

Para bien o para mal, el urbanismo de los últimos años ha situado Barcelona en el mapa global de la movilidad. Hay bastante consenso en que muchas de las soluciones de urgencia aplicadas durante los meses duros de la pandemia –el llamado *urbanismo táctico*– no eran estéticamente dignas de una ciudad de diseño como es la capital catalana. Algunas eran directamente feas. Sin paliativos. Es también cierto que la presencia de algunos elementos disuasorios en las calles –los famosos bloques amarillos *newjersey*– se prolongó más de lo necesario. Pero, como ya se ha comentado con antelación, las iniciativas barcelonesas que buscan limitar el tráfico convencional están en sintonía con las que adoptan otras capitales mundiales. En este ámbito concreto, Barcelona está más cerca de Europa que Madrid. De hecho, el frenazo al giro *verde* que trató de impulsar la anterior alcaldesa, Manuela Carmena, ha dejado en falso a la capital de España. Ante la Comisión Europea, que fiscaliza sus elevados niveles de contaminación, y ante un sector de sus propios ciudadanos, que ven con envidia como en otras ciudades se trabaja para descabalgar el coche de su posición hegemónica.

La revolución de la nueva movilidad parece imparable. Un estudio de junio del 2021 de la Red de Ciudades por la Bicicleta sostenía que la bici y el patinete han ganado más de un millón de nuevos usuarios en España por la pandemia. Por su parte, el mercado de vehículos cerraba el 2020 con una caída de las ventas de un 32,3%, según cifras de la patronal Anfac.

Más allá de la opinión que tengan los barceloneses sobre las políticas de tráfico de Ada Colau, el posicionamiento de la ciudad en este ámbito le brinda una posibilidad de proyección: si se lo propone, se puede convertir en ciudad de referencia y de debate de las nuevas formas de movilidad.

Para ello tendría que desarrollar al máximo de su capacidad el llamado EIT Urban Mobility Innovation Hub South, una plataforma promovida por el European Institute of Innovation & Technology (EIT) para impulsar la innovación en movilidad. La sede para el sur de Europa está en Barcelona, en la torre Glòries, después de que la ciudad superara en el 2018 un proceso de selección que se prolongó durante tres años. Cuando arrancó, el consorcio estaba integrado por otras 12 ciudades europeas, 18 universidades y 17 empresas.

Barcelona tendría que ser una de las ciudades donde se avanzaran los debates y soluciones a los problemas que plantean las nuevas formas de movilidad. Desde la educación vial y las medidas disuasorias para hacer frente al incivismo creciente de los ciclistas hasta el debate de fondo que plantea la proliferación fuera de control de los patinetes. Este vehículo es una alternativa al coche y no contamina, pero tampoco contribuye a mejorar la salud colectiva, por tratarse de un medio motorizado. Al contrario: hay personas que al optar por desplazarse en patinete eléctrico han dejado de caminar lo poco que caminaban y se han hecho más sedentarias, por mucho que haya estudios de sospechosa financiación que encumbren a la categoría de deporte el desplazamiento motorizado en este artilugio. Es más, hay muchos vecinos de edad avanzada que han cogido miedo a andar por la calle ante el riesgo de ser arrollados por uno de estos vehículos. Y para algunos ciclistas *analógicos* empieza a ser un fastidio escuchar como el patinete de turno les pide paso. ¿No era la salud colectiva una de las razones para hacer que proliferaran los carriles bici?

En este contexto, también debería estudiarse la viabilidad de cortar al tráfico determinadas carreteras secundarias durante las primeras horas del sábado o el domingo para permitir que los ciclistas circulen con total seguridad. La experiencia de las restricciones al coche durante los confinamientos fue muy positiva en este sentido. A diferencia de los citados carriles bici en el centro de la ciudad, vías como la carretera Horta-Cerdanyola por el Portell de Valldaura se convirtieron en el paraíso del deporte urbano, en este caso sobre dos ruedas y mayoritariamente sin motor.

Se trataría, en resumen, de sugerir soluciones con marca Barcelona para todas estas problemáticas.

Una vez más, erigirse en foro de debate es una de las escasas alternativas que le quedan a una Barcelona desindustrializada y sin pulso económico. En lo que se refiere al sector del automóvil, lo que se tendría que hacer es acompañar con todos los medios a Seat para que este fabricante pueda hacer su transición hacia el coche eléctrico e inteligente en la planta de Martorell. Eso implica desarrollar lo antes posible una red de recarga de baterías en las calles de la ciudad y en el conjunto de Catalunya. No se entendería que la compañía no recibiera ese respaldo en su propia ciudad natal. Seat siempre ha sido la joya de la corona de la industria barcelonesa y catalana, pero ahora es algo más. La nueva movilidad plantea retos y grandes oportunidades, y Seat puede ser la palanca para que la ciudad participe de ellas. De momento, la firma ya ensaya escenarios de futuro con su plataforma de movilidad urbana Seat Mó, centrada en el concepto del vehículo compartido.

Metropolitana por lo civil

El hecho metropolitano implica a todos los ámbitos que hemos venido citando. La movilidad, por supuesto, no es una excepción. Abordar la movilidad con escala de metrópolis es un encargo que recibió en el 2021 el Pacte Industrial de la Regió Metropolitana de Barcelona, que es una asociación creada en 1997 en la que participan las administraciones, las patronales y los sindicatos. El encargo, hecho por el teniente de alcalde Jaume Collboni, que preside también el consejo general del Pacte, supone la creación de un foro desde el que se impulse la transformación en los ámbitos de la automoción, la bicicleta o la industria ferroviaria.

Lo citamos aquí a modo de ejemplo de cómo se está acometiendo la construcción metropolitana: a falta de una gobernanza como tal, tanto desde la Administración como desde la sociedad civil se impulsan medidas sectoriales para articular esa región que debe ser tomada como referencia de la Barcelona global.

El panorama es desalentador. El hecho es que los carriles bici no tienen continuidad más allá del límite municipal, aunque se circule por la misma calle. El alquiler metropolitano de bicicletas está aún muy verde. En lo peor de la pandemia, cada municipio decidió por su cuenta si cerraba o no la playa en noches de fiestas. No hay ningún Ayuntamiento, no importa el color político, que parezca dispuesto a ceder competencias a un ente superior.

Más. Los partidos independentistas que sustentan ahora el Govern nunca aceptarán de buen grado que la Barcelona metropolitana tome impulso político.

Como se decía, a falta de consenso para impulsar las reformas legales que sostengan esta estructura, hay quien ha decidido que es mejor empezar a construir la casa por el tejado que simplemente no hacer nada. Amueblar antes de tener las llaves. Edificar metrópolis, aunque sea sin cimientos.

Así, en el ámbito político, el Pla Estratègic Metropolità (una asociación privada que promueven el Ayuntamiento de Barcelona y la AMB) impulsa el programa Barcelona Demà, que quiere aprovechar el impacto de la covid para recoser con escala regional el territorio. Pilotan la iniciativa el teniente de alcalde Jordi Martí, vicepresidente también de la AMB, y el coordinador general del Pla Estratègic, Oriol Estela. Inspirándose en la metodología de la economista Mariana Mazzucato, los impulsores han establecido una serie de misiones de desarrollo metropolitano que abarcan todos los ámbitos de la convivencia.

En paralelo, pero en la esfera privada, el programa Rethink Barcelona, de la Sociedad Barcelonesa de Estudios Económicos y Sociales de Foment del Treball, que preside Josep Sánchez Llibre, acumula ya desde su creación suficiente conocimiento de las dinámicas metropolitanas como para concluir que hay una necesidad imperiosa de cambiar de escala: para sobrevivir en el ámbito global, ya no basta con mancomunar los servicios de ese cinturón barcelonés de 3,3 millones de habitantes, sino que hay que trabajar para que haya un gobierno que lidere la región metropolitana.

En su faceta de *think tank*, esta herramienta para repensar Barcelona que dirige Fèlix Riera ha recabado opiniones que sustentan que, más allá de las diferencias ideológicas, hay consenso no solo sobre el objetivo final, sino también sobre la urgencia de hacer proselitismo metropolitano. Una opinión compartida es que en el momento álgido de la pandemia se echaron en falta políticas metropolitanas para resolver con eficiencia los desafíos que iban surgiendo. El problema no fue solo que no se recurriera a una entidad como la AMB, sino que como marco de referencia acabaran imponiéndose divisiones territoriales fantasmagóricas, como las áreas de salud. Pocos ejemplos hay más sangrantes de la inmadurez del reto metropolitano.

Pero en el repositorio de testimonios de Rethink se apuntan también las soluciones. Jordi Hereu, que era alcalde cuando en el 2010 se creó la AMB en el Parlament, recuerda que "aquella era una ley según la cual lo que no estaba prohibido estaba permitido". "Por lo tanto –añadía– dependerá de la voluntad política y de la ilusión que se ponga. Nadie prohíbe, por ejemplo, hacer política cultural metropolitana".

¿Qué avances cabe esperar de la construcción metropolitana en el 2023? La secuencia histórica invita al pesimismo. Probablemente, poca cosa. Poco más que una nueva edición de la Quinzena de Dansa, que contra viento y marea ha acabado tomando cuerpo. La prueba es que el teatro privado está interesado en participar en ella. Y los preparativos para Manifesta 2024, la prestigiosa feria nómada que dirige Hedwig Fijen y que se extenderá por once municipios de la región metropolitana, incluido el de Barcelona. En el ámbito del transporte, si se cumplen los plazos, en el verano del 2023 podría completarse una obra con simbolismo metropolitano: el desdoblamiento de la vía férrea entre Parets y La Garriga, un primer paso para la gran reforma pendiente de la red de cercanías.

La ciudad desencajada. 5

'L'estel ferit'. Rebecca Horn

A estas alturas, la lectora o el lector ya se habrán percatado de que cada uno de los cinco capítulos de este libro arrancan frente a un monumento que por su simbolismo anticipa el tema que va a abordarse. Como pórtico de este epílogo me plantee dos posibilidades. La primera era situarme frente al edificio del pabellón alemán de la Exposición Internacional de 1929, la actual sede de la Fundació Mies van der Rohe.

El pabellón, ubicado en Montjuïc, es ejemplo de esa Barcelona que a veces viaja al pasado para corregir viejos errores y proyectarse desde allí hacia el futuro. Fue en 1980 cuando el arquitecto Oriol Bohigas tuvo la feliz idea de reconstruir en su emplazamiento original el pabellón que diseñaron Mies van der Rohe y Lilly Reich y que había sido derribado en 1930, al clausurarse la exposición. El encargo recayó en los arquitectos Ignasi de Solà-Morales, Cristian Cirici y Fernando Ramos, que entregaron la obra en 1986. Desde entonces, Barcelona puede disfrutar de un edificio que, por sus materiales y por su geometría, constituye todo un referente de innovación arquitectónica. Una obra que informa al visitante de la importancia que ha tenido para la ciudad la conexión con las ideas que llegaban de fuera. Solo hay que retroceder unos pasos y echar un vistazo al vecino Palau Nacional, que fue la sede principal de la Exposición Internacional y cuya obra firmaron los arquitectos Eugenio Cendoya, Pere Domènech i Roura y Enric Catà. Aunque cueste creerlo, los dos edificios son contemporáneos. El Palau Nacional, que hoy acoge al MNAC, exhibía ya en su día un clasicismo anacrónico, mientras que el pabellón alemán se erigió desde el primer momento en un ideal de modernidad. El contraste es abrumador: son siglos de arquitectura, arte y pensamiento los que separan dos edificios que fueron concebidos para la misma exposición.

El pabellón de Mies van der Rohe sintoniza además con los nuevos aires que llegan de Europa. Como se recordará, el arquitecto fue el director de la mítica Bauhaus desde 1930 hasta su cierre por la presión ejercida por los nazis. Y es ese concepto de Bauhaus, que aúna diferentes disciplinas artísticas y las pone en relación con la industria y la artesanía, el que se propone recuperar la presidenta de la Comisión, Ursula von der Leyen, como estandarte de la reactivación europea.

Si el autor hubiera querido que el final de este ensayo tuviera un tono marcadamente optimista, se habría decantado sin duda por encabezar su último capítulo con este pabellón. El espíritu hubiera sido el de la nueva Europa al rescate de una Barcelona que ha dado siempre lo mejor de sí misma cuando ha primado su mentalidad cosmopolita.

Pero en el panorama general pesan las incertidumbres. Una pandemia que no acaba de desaparecer; una digitalización que no acaba de arrancar; un conflicto político que no acaba de resolverse; una burguesía en retirada que no acaba de dar el relevo; una reinvención del modelo turístico que no acaba de definirse; una transferencia tecnológica que no acaba de activarse; una capitalidad literaria reconocida por la Unesco que no acaba de desplegarse; un tapón generacional en todos los ámbitos motivado por la omnipresencia de los *boomers*, como advierte el joven y activo director de SciTech DiploHub, Alexis Roig...

Así que, a modo de colofón, optaré por una escultura que simboliza como pocas la incertidumbre. Además, permite cerrar el ciclo en el mismo lugar donde empezó, en la playa de la Barceloneta. Regreso para ello a aquellos días del final del primer confinamiento, el *confinamiento duro*.

Ahí está. Esbelta pero desmadejada. Altiva. Sola en la playa. Varada. Sus tonos cobrizos encendidos por el sol de tarde. Plantada allí para procurar un buen encuadre y acumular visualizaciones en las redes sociales. Es una *celebrity* con todas las de ley. De todas las esculturas que brotaron en la ciudad a principios de los noventa, la que se quedó varada en la playa de Sant Miquel fue la que conquistó de verdad a los barceloneses, los de nacimiento y los de paso. Sobre todo, a los que gustan de asomarse al mar. La obra la firma la artista alemana Rebecca Horn (Michelstadt, 1944) y tiene por título *L'estel ferit*. Se la conoce también por *los cubos de la playa*, ya que la integran cuatro *dados* semitransparentes y desencajados que se elevan una decena de metros sobre la arena. De todos los trabajos de Horn, este es el que se ha hecho más popular, si nos guiamos por el número de reproducciones que se pueden encontrar en la red social Instagram. Ejerce también de *meeting point* para bañistas o almas nocturnas. La comisarió la historiadora del arte Gloria Moure, como parte del proyecto Configuraciones Urbanas, vinculado a los Juegos Olímpicos de 1992.

Vuelvo a fijarme en su estructura. El desnivel del primer cubo condena al segundo a permanecer en un equilibrio precario y al tercero a amagar eternamente con desmoronarse. El hecho de que el cuarto consiga mantener de alguna manera el tipo nos sugiere dos hipótesis. La primera: la certera disposición de su peso consigue equilibrar el conjunto pese a la zozobra de los pisos inferiores. La segunda: lo que estamos viendo es en realidad una foto fija; la escultora ha detenido el tiempo justo antes del momento en que el cuarto cubo va a deslizarse hacia un lado provocando el colapso de toda la obra. La pura incertidumbre.

Cuando se estrenó en 1992, se dijo que la artista había querido representar los diminutos habitáculos de este barrio de origen marinero, lo que se conoce como *quart de pis* o *de casa*. Pero en ninguna parte encontré una explicación convincente de la obra en esos términos. Quizás fuera así, pero a mí me intrigaba más la inestabilidad del conjunto que lo que quisieran representar cada uno de los módulos.

Un día, después de uno de los paseos en bicicleta que permitía mi franja horaria de desescalada, busqué en internet el nombre de su galerista y lo encontré. Le escribí para solicitar una entrevista con la artista, con el pretexto de que pronto se iban a cumplir los treinta años de la llegada de la escultura. Le conté que la época tan extraordinaria que estábamos viviendo confería a su obra un cierto cariz profético y que quería contrastar con ella mis impresiones.

No tuve que esperar mucho. Al día siguiente recibí una respuesta tan amable como desalentadora:

> Gracias por su interés. Desgraciadamente, debo informarle de que Rebecca Horn nunca más va a conceder entrevistas. Desde que hace cinco años sufriera un ictus, se ha retirado totalmente de la vida pública.

En la carrera de un periodista sucede a menudo que te interesas por determinado personaje cuando ya es demasiado tarde para conocerlo. Y este era uno de esos lamentables casos.

Días después, volví a bajar a la playa. Encendido por la última luz del sol y cubierto de polvo, allí seguía el cometa herido. La base de la escultura seguía estando insólitamente vacía. En tiempos normales, suele aparecer llena de bañistas que aprovechan el desnivel para quitarse la arena de los pies, o de niños que la suben y la bajan. Aquel día, la ausencia de seres humanos era inquietante, pero, al menos, se podía percibir sin interferencias el juego de líneas geométricas. En acusado contraste con la línea del horizonte, la escultura de Rebecca Horn, vista desde la calle, temblequeaba. Como en aquellos primeros experimentos de la Gestalt, un cuerpo inanimado cobraba inopinadamente vida ante tus ojos.

Horn es una artista del movimiento, de la transformación, del cambio. Fue en su etapa barcelonesa, en los años sesenta, cuando vivió en su propio cuerpo una de esas metamorfosis que han acabado marcando su obra. Ella misma ha explicado que viviendo en la capital catalana enfermó gravemente por haber trabajado sin máscara en la manipulación de fibra de vidrio. Tuvo que pasar un año hospitalizada en la ciudad, una experiencia que luego influiría en su concepto de cuerpo-escultura y en todas sus creaciones posteriores.

Para mí, aquellos cuatro cubos, representaran lo que representaran, eran una perfecta alegoría del momento que vivía la ciudad, sometida a amenazas inconcebibles y siempre obligada a cambiar. ¿Cuánta gente acabaría muriendo tras contraer la covid? ¿A qué espantos nos veríamos obligados a asistir? ¿Volverían a abrir algún día las tiendas, los bares, los museos? ¿Qué sería de Barcelona? ¿Era aquella calamidad un aviso de lo que estaba por venir? ¿Una nueva era en la que una sucesión de virus indómitos iba a marcar el paso del planeta? ¿O una invitación a renacer?

Al mismo tiempo, pensé que el valor simbólico de la escultura se proyectaba sobre la ciudad más allá de la pandemia: en cierto modo, apelaba a su dinamismo al tiempo que subrayaba su fragilidad. Una ciudad pasional, con tendencia a la autodestrucción y a la desidia –los chorretones de polvo surcando el cristal de los cuatro cubos– en la que sin embargo impera una extraña armonía que le permite brillar y ser admirada. Contrastada con el horizonte mediterráneo o con la selva de las ciudades globales. A ratos altiva. Siempre insegura y necesitada de aprecio.

Pensé que, en cierto modo, la torre trémula pero resistente de Horn sería una buena candidata a icono de la ciudad inacabada, siempre atrapada en su propio proceso de autodefinición.

En su hipnótica película *My Mexican Bretzel*, la directora barcelonesa Núria Giménez inserta unas imágenes inéditas de Barcelona y de la Sagrada Família tomadas a finales de los cincuenta. Mientras se suceden unos planos donde la ciudad aparece atestada de gente, el templo se nos muestra como una romántica ruina abandonada. Oscuro, sin grúas, sin el vaivén aún de los camiones trayendo piedras de las canteras, el monumento posee la belleza y el dinamismo de la obra inacabada. En el mismo sentido, escribió el arquitecto milanés Roberto Peregalli (*Los lugares y el polvo*, Elba) que lo que le ha fascinado siempre de la Sagrada Família era la sensación de estar ante un templo inconcluso, "tal vez la última obra notable de nuestro tiempo".

L'estel ferit evoca también una obra inacabada. La escultura, por inestable, parece a merced de la *llevantada* que devora las playas mediterráneas. El dilema no está resuelto. A cada mirada insinúa un desplome inminente, víctima de su desajuste estructural. Pero ahí sigue, procurando buenos encuadres a los turistas y un poco de sombra en las tardes de canícula. Tan resistente como esa Barcelona que, pese a sus complejos, pese a haberse descapitalizado y pese tender a la convulsión, a menudo reencuentra su mejor versión para seducir y seducirse.

Barcelona, septiembre del 2021